古典詩歌研究彙刊

第十三輯

龔鵬程 主編

第 8 冊

邵雍及其詩學研究(下)

鄭 定 國 著

國家圖書館出版品預行編目資料

邵雍及其詩學研究（下）／鄭定國 著 — 初版 — 新北市：花
木蘭文化出版社，2013〔民 102〕
目 2+174 面；17×24 公分
（古典詩歌研究彙刊 第十三輯；第 8 冊）
ISBN 978-986-322-076-3（精裝）
1.（宋）邵雍 2. 宋詩 3. 詩學 4. 詩評
820.91   102000926

ISBN-978-986-322-076-3

9 789863 220763

古典詩歌研究彙刊
第十三輯 第 八 冊   ISBN：978-986-322-076-3

邵雍及其詩學研究（下）

作　　者 鄭定國
主　　編 龔鵬程
總 編 輯 杜潔祥
出　　版 花木蘭文化出版社
發 行 所 花木蘭文化出版社
發 行 人 高小娟
聯絡地址 235 新北市中和區中安街七二號十三樓
　　　　 電話：02-2923-1455／傳眞：02-2923-1452
網　　址 http://www.huamulan.tw 信箱 sut81518@gmail.com
印　　刷 普羅文化出版廣告事業
初　　版 2013 年 3 月
定　　價 第十三輯 20 冊（精裝）新台幣 28,000 元　　版權所有・請勿翻印

邵雍及其詩學研究(下)

鄭定國 著

目
次

第五章　邵雍詩的意象

　　語言的組織雖然是形式，而表達精確的語言卻需要高度的意象，透過意象才能夠呈現完整的詩意。「意象」的詞彙，起源於劉勰《文心雕龍・神思篇》的「……尋聲律而定墨；窺意象而運斤……」指大匠循意象揮斧的場面，而後世卻借用為表達語言要素的兩大端。「聲律」是音樂節奏，意象是繪畫景象的重現。所以詩人覃子豪談意象，說：「詩的本質，既基於詩人的想像，使想像凝固而給讀者以美感的印象，便是意象。意象是經過了詩人對事物印象陶冶之後的再現……，這再現的印象，經過了詩人的思想和感情的淨濾後的創造，已不復是詩人初步攝入的印象，而成為可感的意象了。」〔註1〕黃師永武在《中國詩學設計篇・談意象的浮現》一文說：「意象是作者的意識與外界的物象相交會，經過觀察、審思與美的醞造，成為有意境的景象。」言簡意賅，是最佳詮釋。

　　我們在上文談到邵詩的語法、色彩、詞藻、用事和語義類型，固然已對邵雍詩的語言特徵有基本的了解，但是邵詩的特殊意象技巧，其神秘面紗為何？仍有待我們逐步揭露。陳衍在《石遺室詩話》說：「……不免腐氣，且正面說理，亦不能圓滿。」又說：「余謂……有

〔註1〕覃子豪，《論現代詩》，1977年，初版，第一輯〈意象〉章，第22頁，曾文出版社，台中。

無窮新哲理出，可以邊際之語寫之。」所謂「邊際之語」就是如歐陽修《六一詩話》所云：「意新語工」的意外之意，〔註2〕自然也是意象技巧的揮灑。邵詩非不懂作詩需用意象技巧來創作，只是要表達的詞彙和語法有非常樸質的特性，因此其意象技巧往往需要以全詩觀察，也異於一般詩人摘句摘字的方式。近人程兆熊以爲邵詩是達人之詩，從白居易到邵雍一脈相承，千古高風，世人難明，而今歸納邵雍詩建構意象技巧有四，並作一一析明：

第一節　喜樂的意象

快樂而喜悅的意象，遍布於邵雍的詩篇。近人李霖燦說：「邵夫子的祠堂就在百泉邊上。這一派湖水清澈見底，鑑照冥思，真可以使人明心見性。邵夫子就是因此而留駐湖上，並且在蘇門山築有安樂窩一窟。……說是窟，一點也不錯，劈開赤崖一片，略可避避風雨，便是邵夫子的安身立命之處。」〔註3〕的確邵雍生命的喜悅以安樂窩直接爲明喻，而隱喻的部份融入在三千首詩歌中。

生身有五樂，居洛有五喜。〈喜樂吟〉，卷十

自註：一樂生中國，二樂爲男子，三樂爲士人，四樂見太平，
　　　五樂聞道義。一喜多善人，二喜多好事，三喜多美物，
　　　四喜多佳景，五喜多大體。定國案：善人好事爲人事純
　　　樸，美物佳景係風光秀麗，大體指大環境安定。

又復無憂撓，如何不喜歡。　　　　　　　　　　〈歡喜吟〉，卷八

樂天四時好，樂地百物備。樂人有美好，樂己能樂事……
更樂微微醉。　　　　　　　　　　　　　　　　〈樂樂吟〉，卷九

一喜長年爲壽域，二喜豐年爲樂國，三喜清閒爲福德，四
喜安康爲福力。　　　　　　　　　　　　　　　〈四喜〉，卷十

〔註2〕見《古今詩話》（一），254頁，台北廣文書局本。
〔註3〕李霖燦，〈邵康節學記〉，1980年，台北《中原文獻》十二卷12期。

和氣四時均，何時不是春。都將無事樂，變作有形身。

〈靜樂吟〉，卷十一

予何人哉？歡喜不已。　　　　　　　　　〈歡喜吟〉，卷十二

樂見善人，樂聞善事，樂道善言，樂行善意……爲快活人。

〈安樂吟〉，卷十四

纔聞善事心先喜。　　　　　　　　　　　　〈自樂吟〉，卷十七

花枝好處安詳折，酒盞滿時圑就持，閒氣虛名都忘了……。

〈首尾吟之三九〉，卷二十

此路清閒都屬我，這般歡喜更饒誰？

〈首尾吟之五五〉，卷二十

已把樂爲心事業，更將安作道樞機。

〈首尾吟之七三〉，卷二十

這意著何言語道，此情惟用喜歡追。

〈首尾吟之一二八〉，卷二十

敢於世上明開眼，肯向人間浪皺眉？

〈首尾吟之一二九〉，卷二十

　　綜觀這些詩篇，將一位快活人生的長者氣象，非常鮮明的刻畫出來。從「都將無事樂，變作有形身」這樣發自內心的喜樂意象，造就成邵雍詩一片春風氣息。

第二節　幽默的意象

　　高景逸評邵雍有「玩世」之風（《宋元學案・百源學案》下），今人張健說：「未免玩世，正是康節的詩趣所在」〔註4〕玩世，即「幽默」的意思。中國文人以滑稽傳世者罕有，若東方朔則類俳優，若竹林七賢則過於激烈，若東坡居士則不合時宜，獨有寒山子和邵雍心性滑稽而行事溫煦和氣，人我兩歡。

　　……嘗苦樽無酒。每有賓朋至，盡日閒相守。……必欲典

〔註4〕張健，〈邵雍詩研究〉，台北《中國文學批評論集》，卷五。

衣買，焉能得長久。　　　　　　　　　　　〈無酒吟〉，卷七

案：無酒待客之窘困，盡付幽默中。

我本行年四十五。生男方始為人父。……

我若壽命七十歲，眼前見汝二十五。

我欲願汝成大賢，未知天意肯從否？　　　　〈生男吟〉，卷一

案：壯年得子，欣喜過望。期待子賢之殷殷，幽默向天問。

高竹如碧幢，翠柳若低蓋。幽人有軒榻，日夜與之對。

　　　　　　　　　　　　　　　　　　　　〈高竹之四〉，卷一

案：軒榻與高竹、翠柳日夜相對的設想十分俏皮，具有喜劇發
　　噱的效果。

數片落花蝴蝶趁，一竿斜日流鶯啼。

清樽有酒慈親樂，猶得階前戲綵衣。　　　　〈春遊之三〉，卷二

案：老萊子綵衣娛親的行逕易說難為，像邵雍有點天真滑稽情
　　性，方容易逗樂慈親。

數聲牛背笛，一曲隴頭歌。應是無心問，朝廷事若何？

　　　　　　　　　　　　　　　　　　　　　〈牧童〉，卷三

案：牧童豈有問朝廷事之舉，兩者極不搭配。應是詩人幽默的
　　關心時政。

門前有犬臥，盡日無客來。　　　　　　　〈秋懷之廿八〉，卷三

案：這是秋靜的畫面，連最好動的犬也靜臥，幽默地凸顯出無
　　客擾的閒樂。

年來得疾號詩狂，每度詩狂必命觴。

樂道襟懷忘檢束，任真言語省思量。　　〈後園即事之三〉，卷五

案：所謂「詩狂」，所謂「忘檢束」，像極邵雍玩世的態度。邵
　　雍君子人也，無不良嗜好，無不宜言行，其玩世之說，只
　　不過老天真的形象罷了。

既知富貴須有命，難把升沉更問天……

紛華出入金門者，應笑溪翁治石田。

　　　　　　　　　　　　　　　〈如登封裴寺丞翰見寄〉，卷五

案：因為賢人得時難，邵雍自謂「琴少知音不願彈」。遇人勸
　　出仕之時，他仍免不了以韓愈進學解自嘲的方式，幽默自
　　己一下。

情如落絮無高下，心似遊絲自往還。

又恐幽禽知此意，故來枝上語綿蠻。　　〈閒適吟之四〉，卷六

案：本詩的設想，以落絮、遊絲具體的事物，暗喻詩人閒適的
　　心情，又以幽禽故作惱人綿蠻之語的象徵意象，來誇飾詩
　　人對擁有閒適生活的得失之情。這種手法也是詩人幽默意
　　象的特色。

把似眾中呈醜拙，爭如靜裏且談諧。

奇花萬狀皆輸眼，明月一輪長入懷。　　　〈先幾吟〉，卷七

既來長是愧，相見只如親。

飲食皆隨好，兒童亦自忻。　　　　　〈每度過東鄰〉，卷七

只知閒說話，那覺太開懷。

我有千般樂，人無一點猜。　　　　　〈每度過東街〉，卷七

案：詼諧的生活態度，係邵雍真實生活的映照。

萬事去心閒偃仰，四支由我任舒伸。　〈林下五吟之二〉，卷八

快秋意時仍起舞，到忘言處只謳歌。

賓朋莫怪無拘檢，真樂攻心不奈何。　〈林下五吟之三〉，卷八

言語丁寧有情味，後生無笑太周遮。　〈林下五吟之四〉，卷八

鳳凰樓下逍遙客，郟鄏城中自在人。〈安樂窩中酒一樽〉，卷九

案：玩世的態度，係世人的誤會，所謂「安樂窩中雖不拘，不
　　拘終不失吾儒」（〈安樂窩中吟之十三〉，卷十），也不過是
　　天真的本性、趣味的待人態度和驚世駭俗的逍遙行徑，形
　　成邵雍人格特質和詼諧人生的特有意象。

夫君惠我逍遙枕，恐我逍遙蹟未超。

形體逍遙終未至，更知魂夢與逍遙。

〈依韻謝安司封寄逍遙枕吟〉，卷十六

　　案：這裡一則係邵雍微醉的幽默一面，一則是謝友人寄贈逍遙
　　　　枕的風趣道謝詩，已略窺詩人之脾性。

年老逢春猶解狂，行歌南陌上東岡。〈年老逢春之十三〉，卷十
一僕相隨幅巾出，群童聚看小車行。

　　　　　　　　　　　　　　〈司馬光和年老逢春之二〉，卷十

窩名安樂已詼諧，更賦新詩訟所乖。

　　　　　　　　　　〈王尚恭和安樂窩中好打乖吟〉，卷九

高趣逍遙混世塵。　　　〈呂希哲和安樂窩中好打乖吟〉，卷九

能拋憂責忘勞外，不縱逍遙更待何。

　　　　　　　　　　　〈任逵和安樂窩中好打乖吟〉，卷九

儘把笑談親俗子。　　　〈程顥和安樂窩中好打乖吟〉，卷九

酒佳驀地泛一覽，花好有時簪兩枝，更縱無人訝狂怪……。

　　　　　　　　　　　　　　　　　　　〈首尾吟之四七〉，卷二十

　　箋云：甖頭噴液處，盞面起花時。

　　　　　有客來相訪，通名曰伏羲。

　　　　　　　　　　　　　　　　　　〈美酒飲教微醉後〉，卷十一

　　以上我們把《擊壤集》裡一些點染幽默諧趣意味的句子挑出來提
供參考。鍾嶸《詩品》評陶淵明詩用「辭興婉愜」，意境較近似幽諧
的一面。司空圖的《詩品》有「曠達」這一項，更接近邵詩的精神面。
從審美觀點來看邵雍幽默意象的作用，可以體會出詩人跳開格律後所
追求的和諧和優美。這個原因，可能是改變緣情態度後的移情作用所
造成。

第三節　恬淡的意象

　　邵詩喜悅的意象偏重於歡笑喜樂，幽默的意象偏重於玩世諧
趣，而其恬淡的意象則側重在安恬淡薄。如果將安恬淡薄細分，仍
見安恬生活多春意，與淡薄名利少機心兩者的區別。邵雍詩學理論
主理抑情，其建構意象的方法除了轉向前述意象發展外，儘量重質

樸而淡泊，有云淵明詩的平淡出於自然，但是邵雍的恬淡出於溫潤，溫潤之情來自詩人的師承和個性。其師李之才以共城令的身分自薦爲師，實已說明師承溫潤而無可無不可的學術走向，使其易於走入人群，易於親近平民，具備跳出名利的恬淡生命精神。故詩的意象也依此而築構。

一、安恬生活的意象

> 養道自安恬，霜毛一任添。　　〈和君實端明上元書懷〉，卷九
>
> 安樂窩中春夢迴，併無塵事可裝懷。〈安樂窩中吟之五〉，卷十
>
> 安樂窩中春不虧，山翁出入小車兒。……
>
> 鳳凰樓下天津畔，仰面仰風倒載歸。〈安樂窩中吟之六〉，卷十
>
> 一片春天在眼前，眼前須識好春天。……
>
> 我生其幸何多也，安有閒愁到耳邊。　　〈春天吟〉，卷十八
>
> 田園管勾憑諸子，樽俎安排仰老妻。不信人間有憂事……。
>
> 　　　　　　　　　　　　　　　〈首尾吟之六八〉，卷二十
>
> 只知人事是太古，不信我身非伏羲。〈首尾吟之六九〉，卷二十
>
> 筇杖藜杖到手拄，南園北園隨意之。〈首尾吟之七一〉，卷二十
>
> 金玉過從舊朋友，糟糠歡喜老夫妻。
>
> 瓦燒酒盞連酌飲，紙畫棋盤就地圍。
>
> 　　　　　　　　　　　　　　　〈首尾吟之一一九〉，卷二十
>
> 國士待人能盡意，山翁道我會開眉。
>
> 盞隨酒量徐徐飲，榻逐花陰旋旋移。
>
> 　　　　　　　　　　　　　　　〈首尾吟之一二一〉，卷二十

從這些示例中，可以看出邵雍安居生活是恬淡的，精神生活、道德修養也是恬淡爲主，儘將恬淡以外的生活雜質排除。當然排除的過程仍有許多挫折不順的地方。各位順下閱讀邵詩境界章後可獲知詩人人格和道德內斂昇華飽滿後的詩境，乃從意象技法、語言特徵、音樂節奏等特色而建構完成。

二、淡薄名利的意象

　　人能知止是先機，面前自有好田地。

〈首尾吟之一二七〉，卷二十

　　林間樂尚貪，……且免世猜嫌。　　　〈把酒〉，卷十

　　恥把精神虛作弄，肯將才力妄施爲。　　〈六十三歲吟〉，卷十

　　三盃五盃自勸酒，一局兩局無爭棋……。

〈首尾吟之十五〉，卷二十

　　每見賓朋須疑曲，更和言語不思惟。

　　方將與物同休戚，何暇共人爭是非。〈首尾吟之八九〉，卷二十

　　好景盡將詩記錄，歡情須用酒維持。

　　自餘身外無窮事，皆可掉頭稱不知。〈安樂窩中吟之八〉，卷十

　　自餘虛費閒思慮，都可易之爲晝眠。〈安樂窩中吟之十〉，卷十

　　慮少夢自少，言稀過亦稀。……

　　但見花開謝，不聞人是非。　　　　　〈省事吟〉，卷十

　　名利既然是世網，脫離世網後，詩人的生活生命要如何發展？詩人一方面接近山水風月，一方面致力內省、靜坐、自得、洗心，甚至於微飲、晝眠、下棋、寫書法等等，總之尋找寬平的精神田地，這些都是淡薄名利的意象。而且淡薄名利不能絲毫牽強，才能不受名利是非的干擾，而損毀其眞誠恬淡的意象。

第四節　禪機理趣的意象

　　禪意見機鋒，令人省思再三。理趣則如水中著鹽，令人會心頓悟，回味無窮。二者之差異，言語僅隔一線，欲了悟則端賴體會。嚴羽以禪說詩，世人遂有類似的詩評。宋以前當早有之，惟不特別標榜此精神。宋朝佛道盛行，詩家近佛近道，所以一片天機的禪機詩和回味無窮的理趣詩都是靈光流靈的意象。由於詩人不反對鍛鍊字、句、意，這些理趣的禪機的字眼，經過布置安排，靈活運用，使陳舊的意象變得明白曉暢，因而舉重若輕意在言外。

一、禪機的意象

心靜始能知白日，眼明方會看青天。　　　〈詩酒吟〉，卷十六

常觀靜處光陰好，亦恐閒時思慮多。

日出自然天不暗，風來安得水無波。　　　〈試硯〉，卷十四

池中既有雙魚躍，天際寧無一雁飛。〈首尾吟之四〉，卷二十

夢中說夢猶能憶，夢覺夢中還又隔。

今日恩光空喜歡，當年意愛難尋覓。

水成流處書無聲，花到謝時安有色。

過此相逢陌路人，都如元來曾相識。

　　　　　　　　　〈三鄉道中作，夢中吟〉，卷三

請觀風急天寒夜，誰是當門定腳人。

　　　　　　　　　〈崇德閣下答諸公不語禪〉，卷七

花箏半開宜速賞，酒聞纔熟便先賞。

大都美物天長惜，非是吾儕曲主張。〈年老逢春之十一〉，卷十

人間盡愛醉時好，未到醉時誰肯休。　　　〈太和湯吟〉，卷十

長江一片常如練，幸自無風又起波。　　　〈學佛吟〉，卷十四

一身都是我，瘦了又還肥。　　　　　　　〈窺開吟〉，卷十九

風埃若不來侵路，塵土何由得上衣。　〈首尾吟之六〉，卷二十

幾家大第橫斜照，一片殘春啼子規。

　　　　　　　　　〈首尾吟之八六〉，卷二十

先見固能無後悔，至誠方始有前知。

　　　　　　　　　〈首尾吟之八八〉，卷二十

面前地惡猶能掃，心上田荒何所欺。〈首尾吟之九五〉，卷二十

必欲全然無後悔，直須曉了有前知。

　　　　　　　　　〈首尾吟之一一六〉，卷二十

或讓或爭時既往，相因相革事難齊。

　　　　　　　　　〈首尾吟之一一七〉，卷二十

物中要妙眼前見，人上幾微心裏知。

　　　　　　　　　〈首尾吟之一二六〉，卷二十

事到強爲須涉跡，人能知止是先機。

〈首尾吟之一二七〉，卷二十

　　邵雍是不贊成佛理的，並非他不了解禪機佛理。相反的，從其母能倒背佛經，勸富弼不要參加法會，和自己結交佛界僧人來看，詩人深明佛理禪機，而且佛教興盛已是時代大環境的局勢，全面籠罩詩壇，利弊都有。邵雍是智者，援佛入詩，從本節實例中可得禪機之趣，故意象有此以素爲絢的審美特質。茲舉〈窺開吟〉詩爲例，這是極抽象的題目，非常不好寫。邵雍以「一身都是我，瘦了又還肥」來比喻開悟後境界，這種意象不輸給寒山詩的土饅頭等詩的意象。

二、理趣的意象

滿眼雲林都是綠，萬家輝舞半來新。　　〈樓上寄友人〉，卷十

路上塵方坌，壺中花正開。　　〈寄三城王宣徽之二〉，卷八

水寒潭見心，木落山露骨，始信天無涯，萬里不隔物。

〈秋懷之三十二〉，卷三

水流任急境常靜，花落雖頻意自閒。〈天津感事之十五〉，卷四

下有黃泉上有天，人人許住百來年。

還知虛過死萬遍，都似不曾生一般。　　〈極論〉，卷十四

理順面前皆道路，義乖門外是荊榛。　　〈感事吟〉，卷十六

秋月千山靜，春華萬木榮。　　〈百病吟〉，卷十七

物外意非由象得，坐間春不自天迴。　　〈舉酒吟〉，卷十七

一片春天在眼前，眼前須識好春天。　　〈春天吟〉，卷十八

樂靜豈無病，好賢終有心。爭如自得者，與世善浮沉。

〈答和吳傳正贊善二首之二〉，卷十八

草色依稀綠，花梢隱約紅；一般難道說，如醉在心中。

〈探春吟〉，卷十八

梨花著雨漫城啼，柳絮因風爭肯住。　　〈三月吟〉，卷十九

忘在安時莫忘危，天道分明人自味。〈首尾吟之九三〉，卷二十

　　理趣的趣味，可能是從諧趣昇華而成。所謂「趣」是指作品的美感，理趣是從詩中體會出自然深刻的哲理，借淺語而味深，有時不合常理，有時是雙關語，但是詩意的統一性以諧合道。援本節〈樓上寄友人〉詩為例，雲林的「綠」，萬家的「新」是風景上的視覺和心理上的感覺共識的意象造成，缺一不可。又以〈探春吟〉為例，將春意與醉意聯想，因而文意產生新鮮的意象。餘皆類此二例，則不贅述。

第六章　邵雍詩的音樂節奏

　　中國古典歌具有外在形式的整齊，和內在音樂節奏的律動，兩者相互影響，並互相滲透。詩歌和音樂像是孿生子難分難捨，所以詩歌和音樂節奏關係十分密切。

　　音樂節奏是借助聲音構成，詩歌也是借助吟誦歌唱來表達音樂節奏，由於彼此的關連性使然，和諧的音樂節奏，便成為詩歌不可或缺的要素。當然也有文人認為這種格律性的音樂節奏，是作詩的桎梏，反而限制詩人的視野和開展，無法飛躍。近人陳千武說：「不管作者持有單純、複雜、強或弱等任何感情，也要把它嵌入七言或五言的形式押韻裡詠為詩，這是需要有「藝」的鍛鍊。……在所謂藝的鍛鍊這種行為裡，自然會加有專業上制約困囿自己的性質。其中僅以幾個特殊優異才能的人，才能從這種制約超越了藝，開拓獨自的風格達到名人的境界。……因之，七言或五言的韻律，反而限制作者的精神展開和視野，使作者陶醉在遊藝的世界，不能飛躍。」〔註1〕陳說在反對韻律，但依然肯定語言的運用技術仍有訓練必要。我們都知道詩人追求自然的韻律是至高的理想，不論新詩或古典詩多少都力未能逮，惟有駕馭語言音樂節奏的能力愈強則愈有開拓獨自風格的可能。

〔註 1〕陳千武，民國 68，《現代詩淺說・詩的韻律》，初版，學人文化事業　　　公司，頁 67。

　　詩歌的節奏依漢語的特性由音節組合,形成抑揚頓挫的音節整齊和意義的完整,同時因爲押韻的關係,讓音節的組合更加一致而不失活潑,因爲音節的組合更加一致而不失活潑,因爲音節變化中有統一性,統一中又有音節的變化產生活潑性,兩者搭配吟詠則情性俱生。除了平仄、用韻外,句式句法亦能呼應音樂節奏,造成氣勢,故一併討論之。

第一節　平　仄

　　《古歡堂集》論詩云:「……南轅之後,競趨道學,遂以村究語入四聲,去風人之旨實遠。況程、邵以下,誠齋一出,腐俗已甚。……」〔註2〕句中所談四聲,蓋指平仄而言,這是初涉道學詩的平仄而未及深論。詩評家爲何一開口講道學詩便覺得腐俗?今舉〈現齋詩談〉說法可作代表,云:「詩中談理,筆自三頌,宋人則直洩道祕,近於鈔疏,將古法婉妙處,盡變平淺,反覺腐而可厭。」〔註3〕這種說法將詩法與平仄混淆不清,何況盡是針對宋詩或道學詩的刻板印象,當可一哂而另議之。近人錢鍾書說邵雍詩轉調流利,自有所見,非作誣論。

　　平仄對於詩的聲調音節有重要性。晉宋沈約講求四聲八病,固然苛求,若完全不注重平仄,將失去音節長短和聲調抑揚的節奏感。是故沈約〈答陸厥書〉云:「自古辭人,豈不知宮羽之殊商徵之別,雖知五音之異,而其中參差變動所昧實多,故鄙意所謂此祕未睹者也。……若以文章之音韻,同弦之聲曲,則美惡妍蚩,不得頓相乖反……故知天機啓則律呂自調,六情滯則音律頓舛也。……」〔註4〕沈氏所言堪稱合理。《文鏡秘府・四聲論》也支持此一看法,曰:「四

〔註2〕田雯,民國74,《古歡堂集・雜著卷一》,在《清詩話續編》695頁。初版,藝文印書館,台北。

〔註3〕張謙宜,民國74年,《現齋詩談・統論上卷一》,在《清詩話續編》792頁,藝文印書館,台北。

〔註4〕劉勰,民國67年,《文心雕龍黃注本・聲律卷七》,在21頁附註中,台十四版。開明書局,台北。

聲之分既已大明，用以調聲，自必有術。八病苛細固不可盡拘，而齊梁以後，雖在中才，凡有製作，大率聲律協和，文音清婉，辭氣流靡，罕有挂礙，不可謂非推明四聲之功。」〔註5〕

　　邵雍對於音律有獨特的了解，若其《皇極經世·觀物篇》中，以觀物系統發展出聲音圖，以四象公式，匯納四聲等呼之變化，其正確與否暫且不論，但是對於聲和韻的錯綜、疊用、呼應都有獨到之處。邵雍對音律之認知，乃在日常生活中之體驗，其深明音理，往往把四聲交互迭用，其調、韻流轉的功夫非比尋常詩人。今舉証以明之。

　　煙樹盡歸秋色裏，人家常在水聲中。

　　數行旅雁斜飛去，一簇樓臺峭倚空。

〈天津感事二十六首之十一〉卷四

　　案：本詩合於七絕首句不押韻的仄起式，詩在聲色交錯之中，顯出動靜俱美。另外詩人重視內心的感覺，把壯志失落的敏感心情，藉著秋色而反映。今人張健說：「天津感事二十六首，彼此的意境雖近似，但不乏佳構。」〔註6〕曾選錄本首詩。錢穆《理學家詩鈔》亦抄此詩，俱見慧眼卓識。詩作於邵雍五十二歲時，是年邵子居天津橋南，有水竹花木之勝，故作〈天津感事〉二十六首。以四聲而論，詩中「色」、「簇」是仄聲，所以首尾句皆四聲迭用，而二、三句則平上去交錯，在平仄的變化上輕脆勁潔。張健又云：「完全寫景，一視一聽之後，由「旅雁斜飛去」溶合了聲色，最後後以視覺意象收攬全局。煙樹便是秋色，但「盡歸」一語使之活潑化；人家常在水聲中是馬致遠天淨沙「小橋、流水、人家」的前身。由樹到水到人家，有意無意中

〔註5〕劉勰，民國67年，《文心雕龍黃注本·聲律卷七》，在12頁附註中。台十四版。開明書局，台北。

〔註6〕張健，民國67年，《文學評論第五集·邵雍詩論研究》，第58頁，天華書局，台北。

構成一三角，而數行旅雁穿梭其間，動態畢現，生機勃然。最後「一簇樓臺」便是人家的具象化，「峭倚空」則使「常在水聲中」的平淡頓顯高致。……詩協東韻，寬洪飽滿。但間以「裏、去」之幽咽別致，更耐尋味。」〔註7〕張氏之闡發析釋，文字優美，映照出詩人的詩心。

老年軀體索溫存，安樂窩中別有春。

萬事去時閒偃仰，四支由我任舒伸。

庭花盛處涼鋪簟，簷雪飛時軟布裀。

誰道山翁拙於用，也能康濟自家身。　〈林下五吟之二〉卷八

案：這首詩是標準的七律，首句平起押韻，以平仄而言，除了第七句「拙」、「於」兩字當句互為拗救外，餘合式也。七律、七絕、五律、五絕並是為邵雍邵詩的主要創作領域，另外兼及五古、七古、四言詩、三言詩、六言詩和云五絕、五四言問答體、七四言雜體，所使用體裁固變化多樣，亦多類歌行，是故諸家皆說邵詩體制格律多所變革，其實作品在格律方面仍以合律者居多，變革者極少，倒是在句法上和體裁上，多所突破而尤以聲調流轉不滯帶具功力，此實體貼古律，杜詩拗體及平仄聲韻都有心得。其拗體之法較之黃山谷更在前列。

好景信移人，直連毛骨清。為憐多勝概，尤喜近都城。

竹色交山色，松聲亂水聲。豈辭終日愛，解榻傍虛楹。

　　　　　　　　　　　　　〈宿壽安西寺〉卷三

案：本詩首句押韻，故以「仄仄仄平平（韻）」起句，次句一、三字平仄互拗救，其餘句均完全合律，在平仄方面謹守近體詩的格律。次聯、三聯、結聯在平仄的節奏上參差相應

〔註7〕張健，民國67年，《文學評論第五集·邵雍詩論研究》，第60頁，天華書局，台北。

而四聲起伏調和，音律極美，非高於弦歌者，不易體悟。就詩意而言，首句好景的意象，雖然籠統，次句「毛骨清」不但詮釋了景色視覺上的清麗，且讓人有全身三千萬個毛細孔如吃人參果舒暢的觸覺。次聯平常，但確是實情，近都城的勝概，足以吸引遊客。三聯「竹色交山色」在碧綠的色彩上有深淺之分，並交待了首聯「毛骨清」的理由。「松聲亂水聲」，在聽覺上遠處近處的松鳴水鳴交錯迭生，蘊含有我之境，不同於王維山居秋暝「明月松間照，清泉石上流」的幽清明淨之為我之境，然而兩人對於山居終是喜愛。邵詩結聯「豈辭終日愛，解榻傍虛楹？」，表達嚮往儒士在人間修行，明知不可為而為的精神。恰與王維離遠都城，寄情山居純樸的理想大異其趣。

城裏住煙霞，天津小隱家。經書為事業，水竹是生涯。

恨為雲遮月，愁因風損花。恨愁花月外，何暇更知他。

〈愁恨吟〉卷十三

案：此詩為五律仄起首句押韻，以模糊的意象表達成邵詩典型的風格。首聯、次聯平仄為誤。三聯「風」字，結聯「何暇」平仄與格式不合。詩的缺點係「為」、「恨愁」，「花月」字重出比例過大，又首聯文意堆疊有合掌之嫌。惟本詩在次聯、三聯刻畫出理學家之理想，是以錢穆宋明理學家詩鈔選錄之。經書是儒行的典範，水竹是隱士的天堂。「雲遮月」、「風損花」既是明喻也是暗喻，係雙料比喻，象徵現實社會對隱者挫擊。結聯吐露隱者對不能擴大時代影響力的無奈，仍是堅持執著於理學家理念的宣示。

賜酒于君，飲不知味。

執法在前，恐懼無既。

當此之時，一斗而醉。

宗族滿堂，既孝且悌。

尊卑以親，少長有齒。

當此之時，二斗而醉。

賓之初筵，蹌蹌濟濟。

獻酬百拜，升降有禮。

當此之時，三斗而醉。

里閭過從，如兄如弟。

時和歲豐，情懷歡喜。

當此之時，五斗而醉。

朋友往還，講道求義。

樂事賞心，登山臨水。

當此之時，八斗而醉。

男女雜坐，盃觴不記。

燈燭明滅，衣冠傾圮。

當此之時，一石而醉。 〈淳于髡酒諫〉卷十三

案：四言古體詩，詩經以降既在，邵詩亦有。本詩一韻到底，
上去韻並通用。句中平仄自由變化，雖有四平四仄者，然
四聲迭出輕重有序，是故節奏鏗鏘婉轉，有歌行韻味。每
節六句，六節成篇，惟每節後二句幾乎全同，有仿古歌行
一唱三嘆技法。詩題稱「酒諫」，則勸以凡飲酒八分為度，
過與不及，並不知真味。為何以「淳于髡」為名？此乃以
戰國時，齊威王作長夜飲，淳于髡作隱語力諫的典故為
詩。又為之目的何在？是自勸，抑勸人？疑兼有之。乃表
達養生之哲學。

昔人乘車是常，今見乘車倉皇。

既有前車戒慎，豈無覆轍競莊。

將出必用茶飲，欲登先須道裝。

軫邊更掛詩帙，轅畔仍懸酒缸。

輪緩為移芳草，蓋低因礙垂楊。

水際尤宜穩審，花間更要安詳。

朝出頻經崴道，晚歸慶過平康。

春重縱觀明媚，秋深飫看豐穰。

五鳳樓前月色，天津橋上風涼。

金谷園中流水，魏王堤外脩篁。

靜處光陰最好，閒中氣味偏長。

所經莫不意得，所見無非情忘。

或見農人擁耒，或見蠶女求桑。

或見蘼蕪遍野，或見蒺藜滿牆。

或見荊棘茂密，或見芝蘭芬芳。

或見雞豚狗彘，或見鵷鶵鸞凰。

惡者曉不見害，善者固無相傷。

韋嶽三峰岌嶪，黃陂萬頃汪洋。

不為虛作男子，無負閒居洛陽。

天地精英多得，堯夫老去何妨。　　　〈小車六言吟〉卷十四

案：六言詩起於漢末，魏晉曹植、唐王維等偶有作品。王維之
　　輞川六言（又名田園樂）用以寫退居輞川之樂趣，邵雍本
　　詩題曰「小車六言吟」，亦有敘述洛陽隱居之樂的用意，
　　且兼自述平生志向。本詩平仄隨意，但十分注重平上去入
　　四聲的間用，使聲調節奏起伏有致。首句押韻以平起，全
　　詩由平聲陽、韻通押，其中「缸」韻，廣韻作下江切，方
　　言音近「詳」，此處邵雍以為屬陽韻。「忘」韻，可平可去，

平法在陽韻。「妨」韻可平可上，平聲在陽韻。由平仄可
知本詩採古詩法押韻，取其自由也。

堯夫吟，天下拙。來無時，去無節。

如山川，行不徹。如江河，流不竭。

如芝蘭，香不歇。如簫韶，聲不絕。

也有花，也有雪。也有風，也有月。

又溫柔，又峻烈。又風流，又激切。　　　〈堯夫吟〉卷十八

其骨爽，其神清。其祿薄，其福輕。　　　〈覽照吟〉卷十九

案：邵雍三言詩僅有十首，多是枯燥的理學偈語。只有這兩首
　　詩的意象活潑，頗類東方朔答客難，楊雄解嘲、班固答賓
　　戲、韓愈進學解之流。〈堯人吟〉，作於邵雍六十六歲，〈覽
　　照吟〉作於六十七歲，俱有邵夫子最晚期不顧音律，自述
　　生平形象的詩風。兩詩平仄不拘，以平聲句和入聲韻造成
　　節奏間歇韻味的短歌行。詩中將詩人的人格形象以山川、
　　江流、芝蘭、簫韶詮釋，意境高遠，聲色洋溢。而以風花
　　雪月來註腳其人格特質，尤堪稱妙。又用神骨清爽為釋其
　　外相，則以福祿輕薄終其一生釋其不遇，不亦趣乎。

第二節　用　韻

　　近體詩佔邵雍詩集八成以上，古體詩則佔一成餘，以數量而言古
體詩自是偏少，然而古體詩詩句多，篇幅壯觀，氣勢不凡，亦有殊勝
處。以集中第一長詩〈觀棋大吟〉為例，共五言三六〇句，而詩長一
八〇〇字，全詩一八〇韻腳由平聲支、之、脂、微、齊韻混押，惟有
末段「獲兔必以罝」的「罝」字為「麻」韻，不論是否錯用則已見押
韻十分寬鬆。

　　調韻流轉，用韻寬鬆，不受格律桎梏是邵詩的音樂性特質。近體

詩外，邵雍擅長四言詩，而多達一三九首。至於五古七古雖不多作，
然皆長篇，今作分析如後。

〈觀棋大吟〉（五言，二句一韻，一八〇韻，不重韻，平聲
支、脂、之、微、齊韻通押）卷一。

〈寄謝三城太守韓子華舍人〉（五言，二句一韻，五〇韻，
不重韻，平聲山、刪、桓、寒、元、先、仙韻通押）卷一。

〈鳳州郡樓上書所見〉（五言，二句一韻，首句押韻，九韻，
不重韻，去聲泰、隊、怪、代韻通押）卷二。

〈和商守宋郎中早梅〉（七言，二句一韻，六韻，不重韻，
平聲眞、諄韻通押）卷二。

〈和陝令張師柔石柱村詩〉（五言，二句一韻，二十韻，不
重韻，平聲文、元、魂、眞、諄通押）卷三。

〈天津新居成謝府尹王君貺尚書〉（五言，二句一韻，十韻，
不重韻，平聲東、鍾韻通押）卷四。

〈觀棋長吟〉（七言，二句一韻，首句押韻，十一韻，不重
韻，平聲微、之、脂、支韻通押）卷五。

〈十四日留題福昌縣宇之東軒〉（七言，二句一韻，首句押
韻，九韻，不重韻，平聲佳、麻韻通押）卷五。

〈傷二舍弟無疾而化之三〉（七言，二句一韻，首句押韻，
九韻，不重韻，入聲屋、燭韻通押）卷六。

〈清風長吟〉（五言，二句一韻，十七韻，不重韻，平聲唐、
陽韻通押）卷六。

〈垂柳長吟〉（五言，二句一韻，二十四韻，不重韻，平聲
支、之、脂、微、齊韻通押）卷六。

〈落花長吟〉（五言，二句一韻，二十五韻，不重韻，平聲
東、鍾韻通押）卷六。

〈芳草長吟〉（五言，二句一韻，首句押韻，二十五韻，不
重韻，平聲庚、耕、清、青、蒸通押）卷六。

〈春水長吟〉（五言，二句一韻，二十韻，不重韻，平聲尤、

侯、幽韻通押）卷六。

〈花月長吟〉（七言，二句一韻，首句押韻，十五韻，平聲魚、虞、模韻通押）卷六。

〈代書謝王勝之學士寄萊石茶酒器〉（七言，二句一韻，首句押韻，二十韻，不重韻，上聲有、厚韻和去聲宥韻通押）卷七。

案：成化本「方今莫如二虜醜」，至四庫本改爲「方今急務二廠首」，詩句由不重字改爲重字。原詩幾乎很少重字現象，所作重出者必有深意。

〈歲暮自貽〉（七言，二句一韻，首句押韻，十一韻，不重韻，平聲尤、侯韻通押）卷八。

〈書皇極經世後〉（五言，二句一韻，三十韻，不重韻，平聲陽、唐韻通押）卷八。

案：「七國爭強梁」句之「梁」字，宋本、蔡本、元本作「良」，則原詩不重字，成化本以後才重字。「強良」爲山海經大荒北經十二神之一，以多力聞名，成化本以後改強梁，則多力神竟淪爲強盜，誤矣。

〈履道會飲〉（五言，二句一韻，二十韻，不重韻，平聲眞、文、諄、欣韻通押）卷八。

〈蒼蒼吟寄答曹州李審言龍圖〉（七言，二句一韻，首句押韻，七韻，不重韻，平聲陽、唐韻通押）卷八。

〈安樂窩中詩一編〉（七言，二句一韻，首句押韻，十一韻，不重韻，平聲先、仙、元韻通押）卷九。

〈安樂窩中一部書〉（七言，二句一韻，首句押韻，十一韻，不重韻，平聲魚、虞、模韻通押）卷九。

〈安樂窩中一炷香〉（七言，二句一韻，首句押韻，十一韻，不重韻，平聲陽、唐韻通押）卷九。

〈安樂窩中酒一樽〉（七言，二句一韻，首句押韻，十一韻，

不重韻，平聲眞、諄、文、魂韻通押）卷九。

〈感事吟〉（五言，二句一韻，首句押韻，八韻，重韻一字，平聲侵、眞、魂韻，上聲獮、去聲線韻通押）卷十。

〈偶書〉（四言，二句一韻，四句一換韻，共二十句。首四句入聲質韻，去聲諍韻通押；次四句押唐韻；其次四句，入聲曷韻、薛韻通押；其次四句寒韻、先韻四句通押；最後四句代韻、泰韻通押）卷十。

案：本詩四句一換韻，出現入聲、去聲或上聲、去聲通押的情況。

〈流鶯吟〉（五言，二句一韻，首句押韻，七韻，不重韻，平聲之、微、齊韻通押）卷十一。

〈靜坐吟〉（五言，二句一韻，四句一換韻，共六韻韻，不重韻，首四句去聲定、勁韻通押，次四句上聲旨韻與平聲尤韻通押，末四句去聲霽韻、上聲薺韻通押）卷十一。

〈天津晚步〉（五言，二句一韻，六韻，不重韻，入聲黠、月、曷、諫、薛韻通押）卷十二。

〈謝傅欽之學士見訪〉（五言，二句一韻，八韻，不重韻，上聲紙韻與去聲祭、至、霽、志、寘韻通押）卷十二。

〈天津敝居蒙諸公共爲成買作詩以謝〉（七言，二句一韻，首句押韻，十三韻，平聲元、先、仙韻通押）卷十三。

〈淳于髡酒諫〉（四言，二句一韻，十八韻，上聲止、旨、薺與去聲志、至、寘、未韻通押）卷十三。

〈皇極經世一元吟〉（五言，二句一韻，八韻，不重韻，入聲昔、職、陌、麥、錫韻通押）卷十三。

〈答友人〉（七言，二句一韻，首句押韻，七韻，不重韻，平聲眞、文韻通押）卷十三。

〈王勝之諫議見惠文房四寶內有巨硯尤佳因以謝之〉（五言，二句一韻，十四韻，不重韻，入聲藥、覺、鐸通押）卷十四。

〈六十五歲新正自貽〉（五言，二句一韻，十四韻，不重韻，上聲獼韻與去聲換、翰、諫、霰、線韻通押）卷十四。

〈小車六言吟〉（六言，二句一韻，首句押韻，二十一韻，不重韻，上平聲江韻與下平聲陽、唐韻通押）卷十四。

〈安樂吟〉（四言，二句一韻，二十韻，不重韻，上聲紙、止與去聲至、志、寘、祭、未、廢韻通押）卷十四。

〈寶攦吟〉（四言，二句一韻，二十韻，不重韻，上聲有、厚韻與去聲侯、宥韻通押）卷十四。

〈盆池吟〉（四言，二句一韻，首句押韻，二十一韻，不重韻，平聲支、之、脂、微通押）卷十四。

〈大筆吟〉（四言，二句一韻，二十韻，不重韻，入聲質、沒、物、術、迄韻通押）卷十四。

〈小車吟〉（四言，二句一韻，二十韻，不重韻，全詩以平聲佳、麻、歌、戈韻通押為主）卷十四。

案：全詩押平聲韻，而「帝王貞宅」之「宅」為入聲陌韻（貞字，中圖特藏善本南宋末期本作真）和「士人淵藪」之「藪」為上聲厚韻，疑「天地中央、帝王貞宅」和「聖賢區宇，士人淵藪」文字或韻腳有誤。

〈人貴有精神吟〉（五言，前四句每句押平聲真、諄韻。後十二句，每二句押韻，首句押韻，不重韻，七韻，通押上聲、紙、旨、止韻）卷十五。

〈李少卿見招代往吟〉（七言，二句一韻，首句押韻，四韻，不重韻，皆、咍韻通押）卷十五。

〈歲暮自貽吟〉（五言，二句一韻，前八句，首句押韻，五韻，不重韻，通押平聲真、諄、臻韻；後十二句換韻，二句一韻，重一字，六韻，去聲至、志、御通押）卷十六。

〈治亂吟之四〉（四言，三句一韻，四韻，不重韻，入聲薛韻一韻到底）卷十六。

案：本詩在三句一韻當中，又夾雜每二句既同韻又重字，句法

取巧已極，甚是特別。

〈風霜吟〉（七、四言雜詩，前四句七言，每句押上聲馬韻，一韻到底。後四句四言，二句一韻，二韻，平聲陽韻，一韻到底）卷十六。

〈戰國吟〉（七言，二句一韻，首句押韻，九韻，不重韻，平聲耕、庚、蒸、登、青通押）卷十七。

案：本詩幾乎一句一韻，只有「都似一場春夢過」之「過」字出韻，疑文字有誤。然而在所有通押情況中，仍有細分脣齒喉舌之輕重。

〈堯夫吟〉（三言，二句一韻，十韻，不重韻，入聲薛、月、屑通押）卷十八。

〈樂毅吟〉（五言，二句一韻，九韻，不重韻，上聲旨、止韻和去聲至、寘、霽韻通押）卷十八。

〈詩畫吟〉（五言，二句一韻，二十四韻，不重韻，平聲青、清、庚、耕、蒸、登韻通押）卷十八。

〈詩史吟〉（五言，二句一韻，二十四韻，不重韻，平聲文、眞、諄、魂、欣韻通押）卷十八。

〈史畫吟〉（五言，二句一韻，共十六句。前四句入聲物、質韻通押，次四句換韻，押「清」韻。再次八句又換韻，以去聲志、至韻與上聲止韻通押）卷十八。

綜上所述，可歸納邵雍古詩用韻之現象：

一、多以二句一韻為常例，一句一韻，三句一韻，四句一韻亦有之。

二、全詩或換韻，或不換韻，惟以靈活用韻為尚，就用韻通押的廣度而言變化多端。

三、全詩幾乎不重韻，對韻腳的挑選極費心機，創作態度嚴謹。

四、嚴守古詩上、去、入通押的慣例，平聲單獨析出，混韻現象極少。

五、通押範圍廣,故能調和韻腳的抑揚清濁,使全詩的旋律優美。

六、拗體之多,為宋詩壇之先河,實對江西詩派產生重大啓示作
　用。

邵雍近體詩有一千二百九十一首,佔《擊壤集》的百分之八十五
以上,足以明白其畢生心力之所在。近體詩以七律、五律、七絕三種
體裁較能表達其思想,質量較好,五絕因字數僅二十字,遣辭用字需
要仔細推敲,費時費心,不適合邵雍的創作慣性,是以質與量皆輸於
上述三種體裁。

下文簡擇近體詩諸體各數首,詳加剖析,以概見邵雍近體詩用韻
之情形。

首尾吟之九(卷二十)

堯夫非是愛吟詩,雖老精神未耗時。
水竹清閒先據了,鶯花富貴又兼之。
梧桐月向懷中照,楊柳風來面上吹。
被有許多閒捧擁,堯夫非是愛吟詩。

〈首尾吟〉的詩,首句尾句不但文字相同,韻腳亦同。一般而言,
認爲邵雍〈首尾吟〉有詩論的功能,若能結合其他詩篇,可探究邵詩
創作理論之崖略。今人張健就持此論,他說:「〈首尾吟〉是一組七言
律詩,每首每一句作【堯夫非是愛吟詩】,末句全然雷同。第二句則
有三種形式:一、【詩是堯夫○○時】,二、【詩看(或其他動詞)○○
○○時】,三、【詩是堯夫○○○】。其中以第一型最多。這一百三十四
首詩,加上其他零星的詩篇(如詩史吟、觀詩吟等),所展現的詩的
功能理論,其質其量都是中國文學批評史上首屈一指的,⋯⋯。」其
實第二句的句型還有「安樂窩中○○時」、「爲見○○○○時」、「○○○
○○○時」三種。

〈首尾吟〉一百三十四首除去首句、次句、尾句僅得五句來達文
字之美和內涵之富。不論從謀篇的觀點,或從用韻的觀點而言,表面
上是作繭自縛,而在用韻及文字表達的難度上而言卻是逐首遞增。近

人程兆熊說：「此使康節之詩，康節之〈首尾吟〉，全是和氣，全是活句，全是工夫，全是道。」頗能欣賞邵詩的優點。

本詩韻腳，從首句押韻開始，爲「詩」、「時」、「之」、「吹」、「詩」，屬於平聲「之」韻。之韻的字，表達細膩的情感，並有從下上騰，比較挺直的意義。本詩的內容強調享受「許多閒」的樂趣，「水竹」和「鶯花」是講取宅環境之美，視擁有清閒爲富貴，「正是清風明月不要錢」閒民生活的寫照。這樣的富貴，人人可得，唯閒者居之。「梧桐月向懷中照，楊柳風來面上吹」寫享受風月情懷，由靜態的月透過梧桐照向月下人的視覺享受，漸漸上升至動態的風經楊柳拂面吹的觸覺享受，身與心的雙重體受，爲「許多閒」作了最具象的表彰。邵雍在〈清夜吟〉（卷十二）詩云：「月到天心處，風來水面時」，又在〈月到梧桐上吟〉（卷十二）詩云：「月到梧桐上，風來楊柳邊。」均作此一相同意境的描述。

春盡後園閑步（卷七）

綠樹成陰日，黃鶯對語時。小渠初激灩，新竹正參差。

倚杖閑吟久，攜童引步遲。好風知我意，故故向人吹。

這首詩的韻腳是「時」（之韻）、「差」（支韻）、「遲」（脂韻）、「吹」（支韻），因爲之、支、脂跳躍通的緣故，使詩的活潑性變得很強。本詩在音樂上還有一項特色，即每句在平、上、去、入四聲調中最少具有三聲，在聲調上變化亦多。

首二句白描春深春盡的景緻。第一句靜中景，第二句動中景，都是生機勃勃的春情。次二句一寫春水綿延溝渠滿，而新的竹枝參差萌發的情形。一寫隱隱約約聽到渠水潺潺和新竹枝葉摩挲的聲音。併同前文，這四句都是後園即景。第五、六句以「吟久」、「步遲」來詮釋詩人「閑」的情感。最後二句用擬人化的手法，把「春風」屢屢向人吹拂的柔情做最佳的具象呈現。本詩的擬人技巧是反面的用法，可以將原文理解爲倒反的說法「我知好風意，故故向我吹」，很妙的將欣賞春殘、享受春風作爲總結上文，這是一種灑脫的人生觀。

天津感事之八（卷四）

自古別都多隙地，參天喬木亂昏鴉。

荒垣壞堵人耕處，半是前朝卿相家。

天津感事之十一（卷四）

煙樹盡歸秋色裏，人家常在水聲中。

數行旅雁斜飛去，一簇樓臺峭倚空。

天津感事之作，頗見宋詩存有晚唐的意境，蓋感慨之語，意沿晚唐詩風。第一首七絕用麻韻，第二首七絕用東韻。韻既不同，詩的韻味顯然分別。第一首麻韻字有哽咽淒楚之音，第二首東韻字有虛空蒼茫的嘘欷之音。張健在〈邵雍詩論研究〉中說：「【別都多隙地】，似涉弱筆，然冠以【自古】二字，便見神采；【參天】緊接【隙地】，似無關而實成對恃之勢。【亂昏鴉】是【昏鴉亂】之倒置，但正予讀者【喬木使昏鴉心亂】的錯覺，此句遂由純粹的白描提昇為別有寓意。昏鴉即是【前朝卿相家】！亦可說昏鴉是歷史的觀照者，喬木是萬古常新之【光陰】。【荒垣壞堵】緊扣【昏鴉】，又是一種綿密章法之展延。垣堵俱寂，而【人耕】同於昏鴉之亂舞於參天喬木之間。此三句中間一字【都】、【木】、【堵】又諧音，表現了一種沉鬱感。而【鴉】、【家】協麻韻，原有一種舒放縱肆的情調，配合以上三字字音，則反構成一派淒涼激楚之音。【前朝】遠接【自古】，【家】字扣住【別都】、【喬木】、【荒垣壞堵】。堯夫筆力，於此盡見。」一段話所言細膩而正確，尚有可補充的，像「自古、別」從去聲轉入聲，「參天、喬」從陰平轉陽平，「荒垣、壞」從平聲轉去聲，「半是、前」從去聲轉平聲都有加大聲音落差層遞逼近的感覺，尤以「荒垣壞」三字聲母皆同，而韻母轉為下沉，其沉鬱悲涼的覺受最為強烈。

第二首詩，東韻虛空嘘唏的感覺，透過流動的「水聲中」、眼見的「峭倚空」具體的展現。「秋色」包圍著「人家」已有無盡的蒼茫，襯以「旅雁」飛向懸空的「樓臺」更表達出「人家」的飄搖和危機，生命懸盪的不定感，油然而生。是以張健續說：「……完全寫景，一

視一聽之後，評【旅雁斜飛去】溶合了聲色，最後復以視覺意象收攬全局。【煙樹】便是秋色，但【盡歸】一語使之活潑化；【人家常在水聲中】是馬致遠天淨沙【小橋，流水，人家】的前身。由樹到水到人家，有意無意中構成一三角，而【數行旅雁】穿梭其間，動態畢現，生機勃然。最後的【一簇樓臺】便是人家的具象化，【峭倚空】則使【常在水聲中】的平淡頓顯高致。……詩協東韻，寬洪飽滿。但間以【裏】、【去】之幽咽別致，更耐尋味。」張氏的詮解對於邵詩用韻在詩中聲情的作用一一析明，見解可貴。本詩尚可補充者，係詩人以秋色籠罩煙樹，視覺上造成濛籠之美，水聲在隱約的聽覺中凸顯人家的存在。接著從情入景，整首詩由近景轉遠景，有國畫卷軸展延之美。

春去吟（卷十一）

　　春去休驚晚，夏來還喜初。殘芳雖有在，得似綠陰無？

　　本詩「初」字魚韻，「無」字「虞」韻，如此押韻就近體詩而言是出韻，可見其用韻甚寬。五絕短詩在邵詩中是較弱一環，因爲字少鍊字需要更精緻。第一句的「驚」表達對春晚的感受，不但是現實春景中的體會，也是生命中失去春天的心境。次句的「喜」是一種覺悟，針對「驚」而言，非常有反彈的張力，自然界和生命現象一樣，一階段有一階段的高低潮，所謂「東方風來滿眼春……梨花落盡成秋苑」《李賀詩‧河南府試十二月樂詞之三月》正是這種變化。前二句詩感覺上比較抽象，下二句詩將「殘芳」與「綠陰」對比，表面上好像與上文類似，就是家所說的合掌。其實第三、四句除了有將上文更具象化的作用以外，更有推進一層的思考用意。自然界現象，逝去的花容不能追回，人生中遭遇重挫也不值得頻頻回顧，所謂追悔不及，因爲人生路上與其向後望不如向前看。人生中每一階段的「綠陰」正是柳暗花明的轉機。是以明朝高攀龍〈水居閉關〉詩說：「兩眼情親惟綠野，一生心契有青山」〔註8〕正伸明此義。

〔註 8〕參見錢穆〈理學六家詩鈔〉《景逸詩鈔》，頁208。

大筆吟（卷十一）

　　詩成大字書，意快有誰如？巨浪銀山立，風檣百尺餘。

　　這首詩的韻腳爲「書」、「如」、「餘」，皆屬平聲魚韻。魚韻的字能夠發揚痛快淋漓的意義，所以用韻對於本詩極有詮釋力。邵雍從十二歲始刻苦勵學，十八歲大字已寫得不錯。二十一歲時，其師李挺之勸其在理學上發展，有學書妨道之說。雖然邵雍接受師教，不再專注書道，然而也沒有從此不寫，也許或云其書藝不夠超逸精美，但說其善書則絕對不會過譽。「巨浪銀山立」形容大字如山勢般的峻峭，「巨浪」、「銀山」把每個字墨瀋淋漓的韻味發揮的很好。就整篇全幅而言，以「風檣」、「百尺」狀描大字的連篇遒健勇壯的飛動氣勢，足稱構圖之美。近人黃少谷〈八十自壽詩〉云：「詩書醉我總流連」是極美的詮解，〔註9〕而邵詩魚韻正是用以激發詩的意境的表達。

第三節　句　法

　　句法的安排，可以一變常法，使平凡而增彩，使熟爛而新貌，但是萬萬不可越鍊越不通順，所以自然成句也是相當重要的。邵雍〈談詩吟〉云：「興來如宿構，未始用雕鑴。」（卷十八）正是表遠這一種想法。但是理想是一回事，臨作詩時又是另一番思考，他在〈論詩吟〉說：「何故謂之詩？詩者言其志。既用言成章，遂道心中事。不止鍊其辭，抑亦鍊其意；鍊辭得奇句，鍊意得餘味。」若由此詩的說明邵詩還是極視句法的鍛鍊。黃師永武在《字句鍛鍊法‧鍛句的方法》中說：「可見神理情韻，不在章句之外，文章的骨髓雖是情理，文章的形貌卻必須依附字句」文章如此，詩亦如此，是故《文心雕龍‧章句篇》曰：「然章句在篇，如繭之抽緒，原始要終，體必鱗次。」下文闡發邵雍詩句法的安排技巧，期能發掘他的詩在造句鍊字上的功力。

〔註9〕劉榮生，民國87年《東橋說詩‧黃少谷及其詩》，第277頁，初版，文史哲出版社，台北。

一、示　現

　　示現的修辭法，為喚起讀者對現實狀況的如見如聞強烈觸感為原則，所謂讓「膚受之愬」《論語・顏淵篇》歷歷在前，靈動羅映，驚心駭魄。示現之法，可以把過去的、現在的、未來的經驗或類似經驗的感受，表現得就像親身經歷一般真切，有超越時空的表達效果。如杜甫詩「峰火連三月，家書抵萬金」是遭遇家國破碎的人，共同的覺受，把家書的可貴，活現眼前。

　　（一）林間車馬自稀到，塵外盃觴不浪飛。

〈首尾吟之十二〉卷二十

詩意是描寫詩人的老境生活。「林間車馬自稀到」，「車馬」是驅駕工具，原是動態生活，以「稀到」作強烈動態的煞車，來反映老友漸逝，衰頹凋零，這是形容宅外的寂寥。「塵外盃觴不浪飛」，寫出宅內的寂寞。「塵外」固有隱者世外的涵意，而「盃觴不浪飛」，非但說明困於酒力，還彰顯一切無心緒的老態。詩人用「稀」、「浪」字眼，無非為了強烈的示現故舊凋零，老態龍鍾的困境。

　　（二）蒼海有神搜鯨鯢，陸沈無水藏蛟螭。

〈首尾吟之十九〉卷二十

詩意是描繪詩人放逸書法狂筆疾書之狀。鯨鯢是巨魚，比喻大字。蛟螭是長龍，比喻書法中之長劃逸筆。蒼海見墨瀋之多，陸沈見乾筆之澀，都很活龍活現地把書法中的逸筆作了動人的示現。

　　（三）眼觀秋水斜陽遠遠，淚灑西風黃葉飛。

〈首尾吟之五七〉卷二十

這兩句詩，頗有詞風。邵雍的時代，文壇以詞為主流，免不了受到詞風所影響。晏殊〈清樂〉詞曰：「春來秋去，往事知何處。燕子歸飛蘭泣露，光景千留不住。酒闌人散忡忡，閒階獨倚梧桐。記得去年今日，依前黃葉西風。」（《全宋詞》第一冊晏殊）晏氏之詞意略近。有一事甚妙，見晏殊詞〈少年遊〉有句「綠鬢朱顏，道家裝束，長似少年時」。沒想到這位詞中宰相年輕時喜歡道家裝束，其

後范仲淹也有〈道服贊〉，看來邵雍以儒士稱而著道士裝束並非先例。本詩原意在說邵雍年輕時的見解，以為「天下只知才可處，人間不信事難為」這是少不更事的英雄意氣，一旦遭遇事與願違，自然會「眼觀秋水斜陽遠，淚灑西風黃葉飛」。斜陽、西風、黃葉都是失意的表徵，眼觀秋水是悲傷的先兆，灑淚是悲傷的具體作為，所謂英雄有淚不輕彈，或因未到無限傷心處，道學界的素王邵雍在壯年不得意時，也忍不住彈淚。這兩句詩，詞溢於言表，意現於形象，正可為示現之例。

二、比　擬

詩含六義，有比興之法。比是明的比附，興是隱的擬議。所謂比擬要將詩中不同類的事物，借著聲音、形貌、心理、事情相同的質素，由彼說此，使被比擬的事物彰顯而生動。《文心雕龍‧比興篇》說：「何謂為比？寫物以附意，颺言以切事者也。……故比類雖繁，以切至為貴。」譬如納蘭詞云：「愁似湘江日夜潮」〈憶王孫，卷一〉又如李賀〈宮娃歌〉：「願君光明如太陽，放妾騎魚撇波去」就是以潮水比擬愁之升沈不斷，以太陽比擬光明酷烈的手段。我們從邵詩中略尋數例以明之。

（一）語愛何嘗過父子，講和曾未若夫妻。

〈首尾吟之六六〉卷二十

父子天性情深，故用以比擬愛之無窮。夫妻床頭吵床尾和，默契的調和，無出其右，故比況講和。這兩句詩雖然平實，但很貼切。

（二）酒釅不怕暖生面，花好儘教香惹衣。

〈首尾吟之七一〉卷二十

臉色紅酡的面生暖熱正是酒釅之態，所以用「暖生面」來比擬酒釅的風情。一如劉禹錫〈百舌吟〉云：「酡顏俠少停歌聽」的酡顏。（《全唐詩》，三五六卷）衣上染香，暗香浮動，的確是好花盛景，此處即以「香惹衣」比擬「花好」的美與盛。

（三）松上見時偏淡潔，懷中照處特光輝。

〈首尾吟之八十四〉卷二十

在詩中，淡潔和光輝都是月亮的代名詞，比擬月圓月虧變化後的月亮。月亮的可愛，松上偏月也好，懷中的圓月也好，各具嬋娟之姿，詩人用比擬方式將月亮盈虧的情境說明得更清楚。

（四）須將賢傑同星漢，直把身心比麋鹿。

〈首尾吟之九一〉卷二十

老年的邵雍，早已悟澈人生，然而對於時光的流逝，不能無感。文天祥〈正氣歌〉云：「哲人日已遠，典刑在夙昔。」是古人聖賢的心聲。這兩句詩，上句將前輩賢傑比擬為高高在上的銀河，令人仰望彌高，令人學習。下句把自己比擬作林下的麋鹿，成為人間樂土的少數隱者。水竹之間的麋鹿就是林下士的化身，天上做為典型的星漢就如同賢傑的榜樣。詩人所要說明的理想目標在世時如麋鹿般的生活，去世後同天河星漢般成為人類的典型。

三、存　眞

質樸口語是邵詩句式的特徵。這種句式的形成可能與詩人林下生活的環境影響，和以理學家的避文避雅不避俗的自覺有關。何謂存眞？黃師永武說：「為了記實事的情狀，或不避村俗的文句，或保留說話者的語氣，使被描繪者的情性、特點、活躍毫端，這種修辭法，叫做存眞。」

（一）睡思動時親甕牗，幽情發處旁盆池。

尋芳更用小車去，得句仍將大筆麾。

〈首尾吟之一一八〉卷二十

這四句詩中的「親甕牗」、「旁盆池」（旁讀作傍）、「用小車去」、「將大筆麾」都是明白如話的生活語，因為如此把詩人「結廬在人境，而無車馬喧」的安居情境很親切的脫穎出來。

（二）金玉過從舊朋友，糟糠歡喜老夫妻。

瓦燒酒盞連醅飲，紙畫棋盤就地圍。

〈首尾吟之一一九〉卷二十

詩句中用倒裝法，可把強調的重點先標出，而耐人尋味。這裡詩句的前二句係倒裝；原文應作「過從金玉舊朋友，歡喜糟糠老夫妻」，句經倒裝後對舊朋友的重視，對老夫妻的恩愛蠻貼切而自然的詮釋，將詩人平實待客接物的格調呼之而出。下面二句句意流暢無華，瓦燒、紙畫描繪樸實生活，連同前二句便把詩人溫潤和氣。「拍拍滿懷總是春」的形象作了最佳的表達。正如近人程兆熊〈論邵康節的首尾吟及其詩學〉云：「他以他的和氣，對治著一般的戾氣；他以他的活句，對治著一般的死句⋯⋯」的確可信。

（三）明著衣冠爲士子，高談仁義作男兒。

　　敢於世上明開眼，肯向人間浪皺眉。

　　　　　　　　　　　　　　　　　〈首尾吟之一二九〉卷二十

這幾句詩說明詩人的男兒態。「明著衣冠爲士子，高談仁義作男兒」是仁者無敵風範：「肯向人間浪皺眉？」是勇者不懼形象；「敢於世上明開眼」是智者不惑的宣示。《禮記・孔子閒居篇》曰：「清明在躬，氣志如神」可作注解。詩人的面貌有儒行風采的一面，也有仙家氣象的一面（〈首尾吟之一二八〉卷二十），一則以和氣勝，一則以閒韻勝，融合而成謙謙隱士。「明開眼」三字極似智者，豈肯「浪皺眉」？凸顯勇士，文句存眞，如見其人，應肯定詩人鍊句的工夫。

（四）一點兩點小雨過，三聲五聲流鶯啼。

　　盃深似錦花間醉，車穩如茵草上歸。

　　　　　　　　　　　　　　　　　〈首尾吟之四四〉卷二十

存眞的造句法在邵詩中所佔比例甚高，隨手可得。「一點兩點小雨過」是小雨情景，既存視覺、觸覺的「景眞」，又存「人眞」。正如程兆熊說：「邵堯夫之爲人，會眞個是一點兩點小雨過」〈論邵康節的首尾吟及其詩學〉。下句「流鶯啼」，存聽覺、視覺的「景眞」，又存「詩史之眞」，程兆熊以爲將來邵堯夫在詩學文學史上的地位也能如鶯啼可聞。盃深、車穩兩句平舖詩人的生活一環，搭連前兩句才點明春暖花開小雨細斜的春居春遊。原來存眞的文句透過聯想

更有鮮明詮解的說服力。

四、微　辭

詩人活在現實生活中，有時也不得已會得罪世人，自云：「任他人謗似神仙」（〈小車吟〉卷十二），然而解謗、逃謗也不容易，如何在詩中以微言、微辭表達，就需有高度的寫作技巧。有時或以諷刺，或以自嘲等較含蓄的方式才容易表達，這種方式，我們稱之爲「微辭」。微辭的表達方式，有時接近含蓄，有時接近曲折，但多半帶有以自己爲對象的微諷微嘲，讓詩意委婉雋永。

（一）無限物情閒處見，諸般藥性病來知。

　　暗於成事事必敗，失在知人人必欺。

　　　　　　　　　　　　　　　　　〈首尾吟之十三〉卷二十

詩人漸老漸多病，常患頭風（〈頭風吟〉，卷十一），有五十肩，手臂痛，不便梳頭不便穿衣（〈臂痛吟〉，卷十一），是故多病知藥性，這是事實。但是整首詩的深一層涵意，卻在表達對家國的關注。詩人的愛國心自少壯到老年都不曾稍減，惟詩意委婉不似陸游的直接和激烈。詩人〈飲酒吟〉云：「身居畎畝須憂國，事委男兒尚恤家」，而〈天地吟〉云：「長征戍卒思歸意，久旱蒼生望雨心」，對政府內憂外患的情況知之甚深而批評曲折的，所以後二句詩「暗於成事」、「失在知人」是沈痛的微辭。

（二）少日治文章，亦曾觀國光。

　　山林雖不返，畎畝未嘗忘。

　　麋鹿寧無志，鵷鴻自有行。

　　還知今日事，大故索思量。〈代書答朝中舊友〉，卷十四

本詩作於詩人六十四歲。前因魏公韓琦的幕客王荀龍入洛見詩人，爲作說客，請詩人出洛作官，詩人婉拒。所以，此處「麋鹿寧無志」是含蓄地指自己畎畝生活的志向自有可取處，而「鵷鴻自有行」係指朝中舊友作官的主意也是自我簡擇的，因此，結聯「還知今日事，

大故索思量」爲「求仁得仁」的微辭。一則說明國事敗壞，作官難爲而爲，是友人的志向；一則表達自己無意出仕的決心。

（三）時過猶能用歸妹，物傷長懼入明夷。

夏商盛日何由見，唐漢衰年爭忍思。

〈首尾吟之一一〇〉，卷二十

《易經·歸妹卦》，兌下震上，嫁妹之象。嫁宜及時，過時遲嫁，在嫁者之志是有所等待，所以詩人說「時過猶能用歸妹」。明夷卦，離下坤上，明入地中之象。含有賢者不得志，懼遭謗言，憂讒畏譏的情況。是以詩人言：「物傷長懼入明夷」。後二句舉夏商漢唐等的朝代已逝去，說明盛日世人都不見，而盛朝的衰年腐化一樣走入歷史，不堪聞問。這四句詩的真正用心，在針砭朝廷，若不用賢人，有盛時不再來的危機。詩人借閱史掩卷的微辭表達宋朝局勢的不穩。從文句中的「猶能」、「長懼」都是從自身設想而遠及朝廷，含蓄至極。

五、儷　辭

「如有華美辭句的經營，使詩句成爲精緻的語句，因此文心雕龍有言對、事對、反對、正對四種，至初唐上官儀有六對八對之說，爾後愈演愈多，多達數十種。然約其句型有當句對、單句對、偶句對、長偶句對四種，而就其句意則分爲相背、相向、相聯、相偶四種。以下所引諸例爲邵雍詩儷辭方面的特色。

（一）句型方面

1、當句對

△八月光陰未甚淒，松亭竹榭尤爲宜。

案：「八月」對「光陰」；「松亭」對「竹榭」。

〈秋遊六首之三〉卷二

△況當水竹雲山地，忍負風花雪月期。

案：「水竹」對「雲山」；「風花」對「雪月」。

〈和人放懷〉卷二

△衰草襯斜日，暮雲扶遠天。

案：「衰草」對「斜日」；「暮雲」對「遠天」。

〈閒行〉卷三

△淡煙冪疏林，輕風裊寒雨。

案：「淡煙」對「疏林」；「輕風」對「寒雨」。

〈秋懷三十六之十二〉卷三

△虛名浮利非我有，綠水青山何處無？

案：「虛名」對「浮利」；「綠水」對「青山」。

〈閒適吟之一〉卷六

△風花雪月千金子，水竹雲山萬户侯。

案：「風花」對「雪月」；「水竹」對「雲山」。

〈林下五吟之五〉卷八

△此日榮爲日瘁，今年陳是去年新。

案：「此日榮」對「他日瘁」；「今年陳」對「去年新」。

〈年老逢春之十三〉卷十

△燈前燭下三千日，水畔花間二十年。

案：「燈前」對「燭下」；「水畔」對「花間」。

〈安樂窩中吟之三〉卷十

△草色連雲色，山光接水光。

案：「草色」對「雲色」，「山光」對「水光」。

〈秋望吟〉卷十二

△也有花也有雪，也有風有月，

　又溫柔又峻烈，又風流又激切。

案：此四句皆六言，每句都是當句對，每句前三字與後三字對
　　仗。

〈堯夫吟〉卷十八

2、單句對

△雲意寒尤淡，松心老益堅。　　　　〈閒吟四首之四〉卷一

△月色林間出，泉聲砌下流。　　　　　〈高竹八首之二〉卷一

△滌蕩襟懷須是酒，優遊情思莫如詩。　　〈和人放懷〉卷二

△洗竹留新筍，翻書得舊編。　　　　　〈秋懷之十八〉卷三

△水寒潭見心，木落山露骨。　　　　　〈秋懷之三十二〉卷三

△夜簷靜透花間月，晝戶晴生竹外煙。　　〈小圃逢春〉卷四

△花月靜時行水際，蕙風香處臥松陰。

　　　　　　　　　　　　　　　　〈依韻和劉職方見贈〉卷七

△千花爛爲三春雨，萬木凋因一夜霜。　　〈蒼蒼吟〉卷八

△靜中照物情難隱，老後看書味轉優。　　〈歲暮自貽〉卷八

△纔寒卻暖養花日，行雨便晴消酒天。〈年老逢春之二〉卷十

△花等半開宜速賞，酒聞纔熟便先嘗。

　　　　　　　　　　　　　　　　〈年老逢春之十一〉卷十

△清泉篆溝渠，茂木繡霄漢。　　〈六十五歲新正自貽〉卷十四

△衣到敝時多蟣蝨，瓜當爛後足蟲蛆。〈觀十六國吟〉卷十五

△工居天下語言內，妙出世間繩墨餘。〈瞻禮孔子吟〉卷十五

△雨後鳥聲移樹囀，風前花氣觸人香。〈春月園中吟〉卷十六

3、偶句對

△花貌在顏色，顏色人可效；花妙在精神，精神人莫造。

　　　　　　　　　　　　　　　　〈善賞花吟〉卷十一

△樽中有美祿，坐上無妖氛；胸中有美物，心上無埃塵。

　　　　　　　　　　　　　　　　〈詩史吟〉卷十八

一事承曉露看花，一事迎晚風觀柳；

一事對皓月吟詩，一事留佳賓飲酒。　〈林下局事吟〉卷九

△聞人之惡，若負芒刺；聞人之善，如佩蘭蕙。

　　　　　　　　　　　　　　　　〈安樂吟〉卷十四

△筇生蜀部石，貂走陰山塵，善扶巇嶮路，能暖瘦羸身。

　　　　　　　　　　　〈和貂裘筇杖二物皆范景仁所惠〉卷九

△眾人之所樂，所樂唯囂塵。吾友之所樂，所樂唯清芬。

〈履道會飲〉卷八

4、長偶句對

△天地中央，帝王貞宅。漢唐遺烈，氣象自佳。

聖賢區宇，士人淵藪。仁義場圃，聞見無涯。

〈小車吟〉卷十四

△芝蘭芬芳，麒麟鳳凰；此類之人，鮮有不藏。

狼毒冶葛，梟鴆蛇蝎；此類之人，鮮有不孽。

〈偶書〉卷十

△冠劍何燁燁，氣體自舒閒，高談天下事，廣坐生晴煙。

人莫敢仰視，屏息候其顏。此所謂男子，志可得而觀。

又何必自苦，形容若枯鱣。道古人行事，拾前世遺編。

而臨水一溝，而愛竹數竿。此所謂匹夫，節何足而攀。

〈寄謝城太守韓子華舍人〉卷一

（二）句意方面

1、句意相背

△當年曾任青春客，今日重來白雪翁。

〈和張少卿丈再到洛陽〉卷一

△至微功業人難必，儘好雲山我自怡。　〈遊山之三〉卷二

△爭先徑路機關惡，近後語言滋味長。　〈仁者吟〉卷六

△閒來略記一春事，老去難忘千里心。

〈代書寄濠倅張都官〉卷七

△枯腸歡飲酒，病眼怕看書。　〈代書寄長安幕張文通〉卷七

△長因訪舊歡無極，每為尋幽暮不歸。〈答李希淳屯田〉卷九

△未逢寒食梨花謝，不待春風柳絮飛。〈安樂窩中看雪〉卷九

2、句意相向

△雨滴幽夢時斷續，風翻遠思還飛揚。　〈竹庭睡起〉卷二

△飲罷襟懷還寂寞，歡餘情緒卻無聊。　〈和商守新歲〉卷二

△竹侵舊徑高低逆，水滿春渠左右流。〈後園即事之一〉卷五

△擺落塵埃非敢後，訪尋雲水奈輸先。

〈依韻謝登封劉、李、裴三君見約遊山〉卷五

△深思閒友開眉笑，重惜梅花照眼明。

〈東軒消梅初開勸客酒之二〉卷六

△故國山川皆夢寐，舊家人物半丘墟。　〈代書寄友人〉卷七

△天心月滿蟾蜍動，水面風微菡萏香。

〈依韻和王安之少卿六老詩仍見率成七〉卷十三

3、句意相聯

△況當水竹雲山地，忍負風花雪月期。　　〈和人放懷〉卷二

△既乏長才康盛世，無如高枕臥南窗。　　〈答人見寄〉卷四

△既知富貴須由命，難把升沈更問天。

〈和登封裴寺丞翰見寄〉卷五

△與其病後求良藥，不若醉時辭大觥。

〈代書答淮南憲張司封〉卷七

△海壖曾共飲，洛社又同遊。　　〈代書寄祖龍圖〉卷九

△柳外晚猶囀，花前曉又啼。　　　〈流鶯吟〉卷十一

△同於一流水邊飲，醉向萬株花底眠。　〈錦帡春吟〉卷十五

△猶許艷花酬素志，更將佳酒發酡顏。

〈和和丞制見贈〉卷十六

4、句意相偶

△輕煙籠曉閣，微雨散青林。　　　　　〈晨起〉卷三

△燕去燕來徒自苦，花開花謝漫相催。　　〈新春吟〉卷四

△酒向花前飲，花宜醉後看。　　　　　〈花前勸酒〉卷八

△酒既對花飲，花宜把酒看。　　　　　〈對花吟〉卷九

△偶爾相逢卻相別，乍然同喜又同悲。　　〈所失吟〉卷十

△閒看蜜蜂數蜜意，靜觀巢燕壘巢心。〈旋風吟之三〉卷十一

△幽花渾在霧，殘夢半隨風。　　　　　〈老翁吟〉卷十三

△客去有時閒拱手，日高無事靜梳頭。　　　〈對酒吟〉卷十六

六、頂　眞

　　頂眞修辭的方法，是把前後鄰句頭尾蟬聯，而前句的結尾是後句的起頭，其目的或使文句的密度增加緊湊，或使前後文意自然明快。因爲頂眞之故，使句式相連，十分順口，正如連珠直瀉，迴環生情。頂眞的句式在「康節體」中非常多，不勝枚舉，今略舉數例，除說明詩人「頂眞」的技巧之外，且將全詩藉頂眞串連效果闡發，以明詩心。

　　　面前路徑無令窄，路徑窄時無過客，

　　　過客無時路徑荒，人間大率多荊棘。　　　〈路徑吟〉卷十六

　　第二句與第三句很明顯的因爲「過客」兩字頂眞，使上半首詩與下半詩連成一氣。首句「路徑」與第二句、第三句的「路徑」雖然不是直接頂眞，在文意上依然覺得串連迴環，可以看出詩人強調行走「路徑」的重要性。「路徑」爲雙關語，一表行路的方向，一表人生的方向，這是詩人一生溫潤行事，閒適度日的人生哲學，所謂得饒人處且饒人。最後一句「人間大率多荊棘」寫法很特別，跳脫「路徑」的思路，而回到首句無令「窄」的思路。因爲路上多荊棘，所以窄路無法引人親近，使生命中減少許多樂趣。末句在思路上勾住首句，使全詩首、中、尾一氣呵成，其趣味當然在二、三句頂眞的句法上。

　　　何人頭不白，我白不因愁。只被人多欲，其如我不憂。

　　　不憂緣不動，多欲爲多求。年老人常事，如何不白頭。

　　　　　　　　　　　　　　　　　　　〈白頭吟〉卷十六

　　第四句、第五句「不憂」，因頂眞而將上下文結合，文意重點在強調詩人之不憂。第三句句尾「多欲」與第六句句首產生跳躍式頂眞，將上下文意湊緊，重點在說明世人多欲故頭白。首句「白」字與次句隔字頂眞，又與末句「白頭」重字，環環遙接，產生轆轤回文的效果。不憂不愁，所以詩人雖然年老白頭而心情既閒又樂。世人多欲，不待

老而頭白。詩人因白頭而聯想到世人多求多欲之憂愁,此正是哲意之所在。

> 翠竹叢深啼鵁鶄,鵁鶄聲更勝提壺。
>
> 江南江北常相逐,春後春前多自呼。
>
> 遷客銷魂驚夢寐,征人零淚濕衣裾。
>
> 愁中聞處腸先斷,似此傷懷禁得無。　　〈鵁鶄吟之二〉卷十七

　　首、次兩句以「鵁鶄」一詞頂眞。鵁鶄鳥,體大如鳩,嘴紅,頭頂暗紫赤色,背灰褐色,腹黃色,腳深紅,群棲,造巢於土穴中。此鳥性畏霜露,晚稀早出,向日而飛,夜棲於木,多對啼,叫聲像「行不得也哥哥」,雖不至於類杜鵑那樣斷腸,也絕不似黃鶯那般動人,一般而論,邵詩重視樂觀和蘊藉,必不過於傷情,本詩卻一反常態。次句所說的「提壺」是指「鵜鶘」,鵜鶘體形比鵝大,色灰白帶紅,頷下有大喉囊,叫聲不美。此鳥善水性,漁人繫舟用以捕魚。

　　本詩頂眞「鵁鶄」的用意,是加重鵁鶄啼聲的印象。由於鵁鶄春天時節在北北地,入秋便南飛趨暖,鵁鶄群啼象徵送春的意味濃郁。本詩的前數首有〈王公吟〉責備王公大人「輕流薄習,重損威嚴」,又鄰首〈觀物吟〉云:「能言之人,未必能行」,具見本詩「鵁鶄吟」有「憂時畏譏」之感。這一點與五代溫庭筠〈菩薩蠻〉表現鵁鶄體帶金黃色那種雍容華貴「金鵁鶄」的意象是完全不同的。

> 頭上花枝照酒巵,酒巵中有好花枝。
>
> 身經兩世太平日,眼見四朝全盛時。
>
> 況復筋骸粗康健,那堪時節正芳菲。
>
> 酒涵花影紅光溜,爭忍花前不醉歸。　　〈插花吟〉卷十

　　生活即藝術,這是詩人自然的美學觀。在上古時期,人類把音樂、舞蹈、詩歌視爲三位一體的藝術,其內涵就是生活的藝術。詩人在作品中處處顯露「遊戲心」,把世俗的嚴肅化爲生活的幽默。這是「康節體」眞正的精神之所在。

　　首句與次句,以頂眞的「酒巵」二字首尾連接。不但如此,每句

中「酒卮」與「花枝」回環相生，而酒卮、花枝又疊韻諧音，於是首聯便生起民歌俚曲的順口，和天真自然的情懷。詩人在寫這首詩時的年齡已高達六十三歲，依然純真地把鮮花插上日漸稀疏禿髮的頭上，由於顧盼弄清影，使得酒卮中也有花枝的倒影，這是平民生活中最開心的場景。第三、四句寫詩人所處的時代背景。第五、六句用「況復」、「那堪」層遞的字眼，把歡樂心情推到最高點。末聯以酒酣耳熟，人、花、酒三者混為一體的醉歸作結，使歡情持續到醉歸猶未了。

　　本詩的次第，依序原為頷聯、頸聯、首聯、尾聯，「那堪時節正芳菲」乃問話，「爭忍花前不醉歸」係答語，自問自答之間將北宋開國後的一段昇平氣象和人民的滿足感蒸發無餘。但是詩人卻特別將情感澎湃的句子置於首聯尾聯，而把敘事性的理性頷聯，頸聯安排於全詩的中段。讓全詩的渾融更佳。詩人是寫詩的高手，「酒涵花影紅光溜」使飲酒、賞花的現場一片熱鬧，氣氛熱烈，而且酒光花影閃爍的情形，也足以顯示醉態的意趣，為下句「爭忍花前不醉歸」預舖線索，詩人的幽默感和詩情的趣味，藉著人、酒、花的交融，展現詩人生活的率真一面。

　　　　古人不見面，止可觀其心。其心固無他，而多顧義深。

　　　　今人不見心，正可觀其面。其面固無他，而多顧利淺。

　　　　顧義則利人，顧利則害民。利人與害民，而卒反其身。

　　　　其身幸而免，亦須殃子孫。　　　　　　　〈感事吟〉卷十

案：邵雍的詩有很多不是講情性的，明講人生哲學的，所謂道
　　學派的詩，本詩可為寫作範例。此類的詩，有點像三字經、
　　百家姓、千字文，佛家偈語或了凡四訓、菜根譚之流，凡
　　三字、四字、五字、六字、七字都有，極盡搬弄驅遣文字
　　之能事。就詩情而言，當然索然無味，但是就詩人所要表
　　達的詩學理論及道學思想而言，這種令人忘了格律窘縛的
　　雜言詩，反而是令人難忘最成功的演出。本詩在上半首，
　　每二句兩兩相對，每聯之間以頂真連接，如第二、三句的

「其心」，第六、七句的「其面」，因為頂真之故，具有連珠的效果，文意緊湊。每隔四句又以重複字串接，如第一句與第五句重複「人不見」，第二句與第六句重複「可觀其」，第三句與第七句重複「固無他」，第四句與第八句，重複「而多顧」，如此就音樂性而論能產生節奏並利於記誦。下半首詩第九、第十句以重複字「顧義」、「顧利」遙接第四句、第八句，而又以跳躍式的頂真方式使第十一句的「利人」、「害民」詞彙接上第九、第十句，於是全詩映帶成為轆轤式的句法。我們要知道這種類似遊戲的詩，詩人是以最嚴肅的態度在展現，這是邵雍詩最大的特色，也是授人以抨擊的把柄。優劣如何？我們不當以常態詩法來批判，因為此係「康節體」所欲表達原本已極抽象的道學思想的方式。

七、複　疊

　　疊字的使用能夠讓文意聲情畢現，神完氣足，所謂疊字摹神即是此意。由於疊字是同聲同韻同義的字重複出現，對於詩句的音樂性和響度實大有幫襯之功。另有一種重複的一字或數字在上下句緊相連接，甚或隔句跳接，在意義並不等同，這種重複又稱重出現象，在詩的音樂上，也會有迴腸蕩氣流動的效果。疊字通常都是狀詞，重複字則不限於狀詞。總之，不論疊字或重複字都以鮮活不嫌為寫作的技巧。最明顯疊字的例子，就是李清照的〈聲聲慢〉：「尋尋覓覓，冷冷清清，淒淒慘慘戚戚。……梧桐更兼細雨，到黃昏點點滴滴。這次第，怎一個愁字了得？」首句連下十四個疊字，把一個少婦獨處的坐立難安、寂寞無聊的起俟愁緒發揮到極致。又複字之例，如孟子〈梁惠王篇上〉：「老吾老以及人之老，幼吾幼以及人之幼。」將吾老，人老、吾幼、人幼鮮明的區隔，再用一老字、幼字回文聯結情感，將人道的輝光燃燒到最亮麗。

　　邵雍詩在疊字複字方面所下的工夫相當考究，成果斐然。左文略舉數例以釋。

（一）疊字句

霜扶清格高高起，風駕寒香遠遠留。

太守多情客多感，金樽倒盡是良籌。

〈和商洛章子厚長官早梅〉卷二

案：「高高」修飾梅花的清格，「遠遠」修飾梅花的寒香。

既得希夷樂，曾無寵辱驚。泥空終日著，齊物到頭爭。

忽忽閒拈筆，時時自寫名。誰能苦真性，情外更生情。

〈放言〉卷三

案：「忽忽」是不經意之義，襯託「閒」情。「時時」表示勤於
　　寫詩當作座右銘。名即「銘」也。詩意分明抨擊佛、道，
　　而首句言「希夷樂」可見詩人重視儒道的精神面，並非外
　　相細節等事；末聯正好作此詮釋，並且重出「情」字，說
　　明真性、真情之外無其他所謂「情性」可言。

臨溪拂水正依依，更被狂風來往吹。

薄暮不勝煙羃羃，深春無奈日遲遲。

誰家縹緲青羅帔，何處蹁躚金縷衣。

猶恐離人腸未斷，滿天仍著亂花飛。　　〈垂柳短吟〉卷六

案：首句「依依」狀垂柳之風姿。第三句「羃羃」，狀黃昏時
　　之煙嵐霧氣。第四句「遲遲」乃春深近夏之長日悠悠。這
　　些疊字的表達均能拾和其分，貼切。「青羅帔」是承第三
　　句煙嵐之比擬，「金縷衣」是承第四句夕陽霞光四射之比
　　擬。本詩頗有詞味。詞是宋代的典範藝文，從邵雍詩中多
　　少也能體會詩人對詞的雅好和了解，詞在邵雍詩裡依然可
　　見影子。

當年志意欲橫秋，今日思之重可羞。

事到強圖皆屑屑，道非真得盡悠悠。

靜中照物情難隱，老後看書味轉優。……

一枕晴窗睡初覺，數聲幽鳥語方休。

林泉好處將詩買，風月佳時用酒酬。

三百六旬如去箭，肯教襟抱落閒愁。　　　　〈歲暮自貽〉卷八

案：本詩作於詩人六十歲的年尾。詩人在三十七歲考場失意，
　　落第病歸河南共城，次年遷洛陽，年近四十已覺功名之路
　　非所望。四十五歲詩人成家，四十七歲生男，年垂五旬，
　　於科宦早已心如槁木死灰者矣。是故本詩所云：「三百六
　　旬如去箭」即回顧十年前之往事也。詩中用「屑屑」疊字，
　　形容行事強圖多半只是瑣細而無功。以「悠悠」疊字形容
　　假的真理是全然枉費的。「屑屑」又狀紛飛之態，「悠悠」
　　則又似盡付時空之漫長悠邈，讓抽象的道理變成具象的情
　　景，下筆動人。

幾何能得鬢如絲，安用區區鑷白髭。

在世上官雖不做，出人間事卻能知。

待天春煖秋涼日，是我東遊西泛時。

多少寬平好田地，山翁方始會開眉。　　　　〈喜老吟〉卷十五

案：詩中疊字「區區」係細碎之意。詩人對於如白絲般的鬢髮，
　　毫不排斥，希望添滿不願鑷去，這是順時適性的人生態
　　度，可與末句樂觀「開眉」的趣味呼應。唐人韋莊詩曰：
　　「白髮太無情，朝朝鑷又生。」卻得反面之趣。首聯寫不
　　諱老，頷聯寫現實生活，「出人間事卻能知」是詩人自信
　　之言，二程說詩人學問廣博，心寂靜能未卜先知，正指此
　　也。腹聯寫閒居生涯，係屬於精神層面的生活。尾聯更提
　　昇至言外見意，所謂「退一步海闊天空」。「山翁」是詩人
　　另一個自稱，詩中常喜用之。

（二）複字句

「梅」覆「春」溪「水」遠山，「梅」花爛漫「水」潺湲。

南秦地暖開仍早，比至「春」初已數番。

〈和商洛章子厚長官早梅〉卷二

案：「梅」字重複扣住題旨，「春」字首尾重複點明季節，「水」
　　字重複在首句，表示溪水纏遶山形之勢，次句則描述水流
　　之悠閒。

名利到頭非樂事，風波終久少安流。稍鄰「美譽」「無多」
取，纔近「清歡」與贘求。

「美譽」既「多」須有患，「清歡」雖贘且「無」憂。滔滔
天下曾知否，覆轍相尋卒未休。　　　　　〈名利吟〉卷三

案：「美譽」與「清歡」重複出現，以示對等看待。美譽是指
　　虛名、虛利；清歡係指拋開名利，宜放襟懷在清景。另外
　　頷聯第三句「無多」二字，至腹聯分散參差在第五句重出
　　「多」第六句重出「無」，在複字的音樂性效果稍差，但
　　是文意卻遙遙呼應，非常有趣。尾聯「滔滔」疊字既籠罩
　　「天下之人」，也籠罩全詩。末句「覆轍」一詞之轍指名
　　利之轍，回應首句，章法嚴謹。

△清風「無人」兼，「自可入吾」手。
　明月「無人」并，「自可入吾」牖。

　中心既已平，外物何嘗誘。餘事豈足論，但恐樽無酒。

〈秋懷之十〉卷三

案：首聯與頷聯，重複「無人」、「自可入吾」諸字，文意相對。
　　詩意說清風明月雖是造物者的無盡藏，而一般人卻不懂得
　　享用。頸聯「中心既已平」是見道之言，將萬物之消長了
　　然於心。尾聯妙在跳脫前三聯詩意，而超然物外，以飲酒
　　作結，餘味在言外。

多病筋骸五十二，新春猶得共啣盃。
踐形有說常希孟，樂內無功可比回。

「燕」去「燕」來徒自苦，「花」開「花」謝漫相催。
此心不為人休戚，二十年來已若灰。　　　〈新春吟〉卷四

案：「燕」、「花」重複。燕有勞燕的意象，花乃時花的意象。前者表示世人追逐名利之苦，後者中說歲月易得催人老的無奈。詩不為休戚而作，是詩人文學理論之一部分。因此詩人在外相實踐方面效法孟子的培養浩然正氣，待時而起，在心性樂趣修養方面傾向模仿顏回安貧樂道的精神。孟子〈公孫丑上〉首章曰：「雖有智慧，不如乘勢；雖有鎡基，不如待時。」這是孟子一生的期待，也是詩人一生的期待。

祇恐身閒心未閒，心閒何必住雲山。
果然得手情性上，更肯埋頭利害間。
動止未嘗防忌諱，語言何復著機關。
不圖為樂至于此，天馬無蹤自往還。 〈思山吟〉卷六

案：首聯重複「閒」字三次「心」字二次，為「心閒」與「身閒」作區隔。所謂「心閒」即為頷聯，腹聯所說的遠離利害，不著心機內涵。尾聯以心閒之樂有如天馬無蹤自往還，不須長住雲山間作結，詩趣盎然。

半記不記夢覺後，似愁無愁情倦時。
擁衾側臥未忺起，簾外落花撩亂飛。 〈懶起吟〉卷十

案：半記不記，重複「記」字；似愁無愁，重複「愁」。本詩是七言古絕在平仄和押韻都極自在。重複字把「夢覺」後「情倦」的慵懶舒緩釋放得淋漓盡致。「未忺起」，宋末本，成化本作「忺」，音先，有「欲」的意義。四庫本因見「忺」字為難檢字，改為「歡」，四庫提要及坊間本作「欲」。欲字仄聲，不合全句的自然音節；歡字平聲，音聲諧和，惟意義不若欲字平穩，有破壞全詩美感之虞。此三字真難簡擇，且從詩人原稿吧。詩雖以首句、次句對稱，而句序應先二句、三句、次首句、末句，全詩因倒敘之故而文意搖曳生姿，末句以「落花撩亂」迭宕在原意之外，渾然忘我，

將詩情迷亂之美藉形象而拱托。難怪，司馬光喜而抄錄在紙窗（參見《聞見前錄》）。

草色連雲色，山光接水光。危樓一百尺，旅雁兩三行。

〈秋望吟〉卷十二

案：首句、次句除了重複字以外，還兼當句對。本詩的寫作目光從芳草往上看及於浮雲，再從山景往下瞧及於水面。最後停留在百尺的危樓和危樓邊的兩三行旅雁。詩短而繪畫性高，直有倪雲林之淡筆韻味。

第四節　句　式

依詩的音節與音節之間的區隔字數，可以明白詩的節奏，此種安排稱爲句式。句式有變化，節奏有變化，詩的旋律才會生動和諧。詩的節奏，來自於音節和韻的串通，否則不免雜亂無章。用韻必用現代語，詩人於此有自覺，常能自選恰當的韻腳。邵詩音節的安排，頓逗的次第，俱見深解平仄音律，極有聲情的展現。而詩人往往能突破固定格律的束縛，總有出人意表的節奏旋律，此乃其勇於嘗試首尾吟等各種新格律詩體的精神，令人折服。今分析邵詩音節的排列如後文。

安樂窩前蒲柳吟（卷十三）

安樂窩－前－小－曲江，新蒲－細柳－年年－綠

眼前－隨分－好－光陰，誰道－人生－多－不足。

「安樂窩」是詩人住宅之別稱，安閒康樂是詩人的職志。本詩是七言詩標準的四、三節奏。首句三、一、一、二爲音節之頓，次句二、二、二、一爲頓，第三句二、二、一、二爲頓，末句二、二、一、二爲頓。每句的第二音節爲逗，所以形成四、三節奏。雖然每句都是四、三節奏，但是全詩仍有三句在逗的地方形成變化，於音樂的旋律和文意的表達有幫助。首句安樂窩宅不是豪門巨富，仍有曲江，故云前有

「小曲江」。次句年年綠的「綠」字將主人的樂觀和生命韌力詮釋得頗佳。第三句「隨分」就是滿足，就是詩人的人生觀，是首閒適的小詩。

冬不出吟（卷十四）

　　冬－非－不欲－出，欲－出－苦－日短。

　　年老－恐－話長，天寒－怕－歸晚。

　　山翁－頭－有－風，鄉友－情－非淺。

　　必欲－相－招延，春光－況－不遠。

詩以五言二、三節奏而成篇。其中有一、一、二、一頓，有一、一、一、二頓，也有二、一、二頓；首句、次句在第二音節逗，其餘句都在第一音節作逗，形成五言基本的二、三節奏中仍有變化。這首詩以平淡的生活語陳述老人絮絮叨叨之言，句句喋喋不休，句句深入人心。末句「春光況不遠」一語雙關，展現詩人的生命情懷，超然物外的境界盡出。

對酒吟（卷十六）

　　有酒－時時－泛－一甌，年－將－七十－待－何求。

　　齒衰－婚嫁－尚－未了，歲－旱－田園－纔－薄收。

　　客－去－有時－閒－拱手，日－高－無事－靜－梳頭。

　　霜毛－不止－裝－詩景，更可－因而－入畫－休。

這首詩的旋律極美，變異多端。構成本詩的音節係二、二、一、二，一、一、二、一、二和二、二、二、一，其節奏固然是四、三形式，但是逗的變化參差錯綜，有利節奏的起伏抑揚。首聯寫生平的滿足感，頷聯寫生民的耽心事。前後兩聯一喜一憂，形成反差之美，將升斗小民的惱人事凸顯出來。腹聯的第一句「客去有時閒拱手」，把客人已走主人呆立的情形做了生動的描述。次句「日高無事靜梳頭」，分明記無事晚起的悠閒，此年詩人因手臂痛已無法自己梳頭，這裡是倩人梳頭。由於生活「閒靜」所以末聯說白髮詩人可以粧點詩景而進

入畫中，是首幽默情調的詩歌。本詩閒中有耽憂，閒中有臂痛，但一切不如意都被「閒」的精神消融而不再計較了。

堯夫吟（卷十八）

　　堯夫－一吟，天下－一拙。來－無時，去－無節。

　　如－山－川，行，不徹。如－江、河，流－不竭。

　　如－芝－蘭，香－不歇。如－簫－韶，聲－不絕。

　　也有－花，也有－雪。也有－風，也有－月。

　　又－溫柔，又－峻烈。又－風流，又－激切。

　　三言詩音節的安置較不容易有變化。但是本詩在二、一，一、二的變化之外，還有一、一、一的音節，因此朗讀本詩的時候，節奏如擊小鼓，輕脆活潑，不會覺得僵滯。本詩是詩人為自己的詩在作「自畫像」。從詩句可以看出詩人對己詩的自信和了解，詩人特別敘述己詩的特徵是，一拙，二柔，三烈，四風流，而五激切。如果後世評論家要尋找邵詩的風格，應該參考。

落花吟（卷十九）

　　萬紫－千紅－處處－飛，滿川－桃李－漫－成蹊。

　　狂風－猛雨－日－將暮，舞榭－歌臺－人－乍稀。

　　水上－漂浮－安有－定，徑邊－狼籍－更－無依。

　　流鶯－不用－多－言語，到了－一番－春－已歸。

　　詠物詩佔邵詩的比例不高，而且多半非純然詠物，常有引申的雙關議論。本詩音節由二、二、二、一和二、二、一、二組成，節奏依然是七言四、三形式。全詩並無「花」字，但處處談花，很高明。首聯描寫桃花李花的紛飛，飄逸味濃。頷聯描寫陪襯的外景；腹聯生出對落花飄零的感慨，語有雙關意，寓藏詩人的挫折經歷。尾聯「流鶯不用多言語」又是雙關語，係針對時人的毀謗而言但是生機顯然，生命力旺盛。詩人「胸中別有春」（〈自貽吟〉卷十九），故春歸與否，順應自然，此乃自處之道（〈自處吟〉卷十九）。另外

履道會飲（卷八）

眾人－之－所樂，所樂－唯－囂塵。

吾友－之－所樂，所樂－唯－清芬。

清芬－無－鼓吹，直與－太古－鄰。

太古者－靡它，和氣－常－絪縕。

里閈－舊情－好，有才－復－有文。

過從－一日－樂，十月－生－陽春。

洛陽－古神州，周公－嘗－縷陳。

四時－寒暑－正，四方－道里－均。

代－不乏－英俊，號爲－多－縉紳。

至于－花－與－木，天下－莫敢－倫。

而－逢此－之－景，而－當此－之－辰。

而能－開口－笑，而－世－有－幾人。

清衷－貫－金石，劇談－驚－鬼神。

天地－爲一指，富貴－如－浮雲。

明時－緩－康濟，白晝－閒－經綸。

莫如－陪歡伯，又復－對－此君。

商於六百里，黃金－四萬－斤。

不能－買－茲樂，自餘－惡足－論。

接離－倒戴－時，蟾蜍－生－海垠。

小車－倒載－時，山翁－歸－天津。

首詩記詩人去洛陽履道坊與朋友會飲，酣暢而回歸天津橋南畔之自宅。朋友是誰？疑指司馬光。是時司馬光、富弼、呂公著皆住於附近，過著致仕後頤養天年的生活。本詩音節有二、一、二，二、二、一、三、二，一、二、二及一、二、一、一、一、一、二、一等六種變化，於五言古詩而言，變化多姿多采。其基本節奏是三、二，然而也有二、三的情況，於是聲調跌宕，舒緩有味。本詩第二十一句起連用四個「而」字，斬釘截鐵地陳述詩人豁達的胸襟，「而能開口笑，

而世有幾人」眞是豪氣干雲。末四句把乘月醉歸，頭巾倒戴的山翁形象描寫得頗爲生動。

綜上所述，詩人對於平仄、用韻、句法、句式都能流暢地運用，表現出詩人當行本色，不僅是以理學家的眼光寫詩，更是以詩人作詩的態度來作詩，有創有守，堪爲理學詩的大旗手，也是北宋詩壇的大作手。

第七章　邵雍詩的境界

　　呂思勉在《宋代文學‧宋代之詩》中認為理學家大談文以載道，詩文皆不求工，然而宋代哲人邵雍文道並重，擅長寫詩，詩之工為理學家之冠。然而詩不是文，詩貴「無理而妙」，詩貴趣味而有餘蘊。所以呂思勉曾說邵堯夫的《擊壤集》很有「別趣」，這一點就是挑明邵詩價值之所在。「別趣」何所指呢？朱國楨《湧幢小品》說邵雍詩有「覺世喚醒之妙用」此其一。《四庫擊壤集提要》提到邵雍詩「自抒胸臆，原脫然於詩法之外」此說應該是別趣之二。也有人說邵詩「鄙俚相高」，這種風格也讓我們看清楚了他的別趣之三。詩以「言志為本」從詩經到現代詩，幾乎大半詩人還是以此為宗的，邵雍詩在思想意義這方面的表現，可圈可點，把詩的生活和詩的創作兩者緊密地結合在一起。詩不必講「頭巾語」，故「理語不必入詩中」然而詩境無關乎理內理外，因為「詩有別趣，非關理也。」清代潘德輿《養一齋詩話》說：「詩本是文采上事」（卷三）又說：「詩最爭意格。詞氣富健矣格不清高，可作而不可示人；格調清高矣，意不精深，可示人而不可傳遠。」（卷三）潘說見解的確精闢。又舉陶詩為例，說：「陶公詩雖天機和鬯，靜氣流溢，而其中曲折激蕩處，實有憂憤沈鬱，不可一世之概：然則和鬯流溢，學成之候也，憤激沈鬱，刻苦之功也。先有絕俗之特操，後乃有天然之真境。」（卷十）相信陶詩、邵詩，或其他詩人也有此特徵，然而陶詩和邵詩在生活、個人背景都較為接

近，故詩境方面多有重疊類似處亦可讓人了解。今邵雍詩在和鬯寬舒、閑靜幽默之餘，依然時露沈鬱憂悶激憤濟世的雄心壯志，固可探討其詩作之技巧和境界。

宇宙之間，孰非道之事，而聖人之動靜語默，無非至教。邵雍的生活，觸處所呈露的不僅是孔門漆雕開，曾點之流的情性，更深識悠然自得之趣，往往展現出因閒觀時，因靜照物的詠志、詠史、詠物的詩歌，是故宋朝當代人魏了翁說：「秦漢以來，諸儒無此氣象，讀者當自得之。」〔註1〕近人程兆熊說：「邵雍的詩則和生活打成一片。同時邵雍的生活又和儒道打成一片。」〔註2〕這種性情之真誠，生命之廣大，是可以想見邵雍心靈澈悟，對其詩境界提昇有重大的影響。

《擊壤集‧四庫全書總目提要》云：「自班固作〈詠史詩〉，始兆論宗，東方朔作〈誡子詩〉，始涉理路，沿及北宋，鄙唐人之不知道，於是以論理為本，以修詞為末，而詩格於是乎大變，此集其尤著者也。」提要所言允當，邵雍詩的確以論理為本，所作〈詠史詩〉和〈誡子詩〉即循論理的理念產生的創作作品。〈提要〉又云：「然北宋自嘉祐以前，厭五季佻薄之弊，事事反樸還淳，其人品率以光明豁達為宗，其文章亦以平實坦易為主，故一時作者，往往衍長慶餘風。……邵子之詩，其源亦出白居易，而晚年絕意世事，不復以文字為長，意所欲言，自抒胸臆，原脫然於詩法之外，……不苦吟以求工，亦非以工為厲禁。……」提要此段文字泰半不錯。邵雍的人品光明豁達而更近溫潤，尤其體貼人情，堪稱顏回第二。其詩作果然以平實坦易為主，但非不工，乃不欲刻意求工耳，故自抒胸襟，不受詩法窘縛。惟學問淵源，疑出自陶潛杜甫等詩家更甚於白居易，其出自於諸子百家更甚於科場經典，而實際上泰半源自半生耕讀，周遊吳、楚、齊、魯、梁、晉之

〔註1〕魏了翁，《影宋本鶴山先生大全文集》，卷五十二，四部叢刊本，台灣商務印書館，台北。

〔註2〕程兆熊，〈論邵康節的首尾吟及其詩學〉，民國國59年，新亞書院《學術年刊》第12期，香港。

所見，〔註3〕益以師友傳承及生活中的體驗。且以後者生活的美學、生活的境界才是邵雍詩藝的菁華。

明朝朱紱《名家詩法彙編》云：「詩要有天趣，不可鑿空強作，待境而生自工。或感古懷今，或傷今思古，或因事說景，或因物寄意。一篇之中，先立大意，起承轉結，三致意焉，則工緻矣。」〔註4〕詩有天趣，待境而生，可移作邵雍寫詩三昧。詩在邵雍並非餘事，作品中處處鮮明真實地表達生命情懷，以及萬物自然之理。他說：「拍拍滿懷都是春」（卷九），境界之豁達而超然出塵，在歷代道學派中是第一流人物，決不作第二人想。邵雍說：「非惟自樂，又能樂時與萬物之自得也」，這種真樂的詩境，是宋以前詩論中未曾出現的境界，也是以人格精神的境界作為批評文學新的建構。

王國維在《人間詞話》中標舉「境界」一詞，說：「有境界則自成高格，自有名句。」又說：「境非獨謂景物也。喜怒哀樂，亦人心中之一境界，故能寫真物，真感情者，謂之有境界。」〔註5〕這種境界說並不能詮釋所有作家及所有作品，於邵雍詩亦然。然而，不妨藉用此一批評文學的方法較容易拈出詩人詩心之所在，而逆溯其創作的心路歷程，便於探究詩意詩境。所以我們呢不排斥地也採用此法，大略歸類詩人的詩境為內省挫折、憂道和氣、養生安樂、閒靜恬淡、天機幽默、自然理趣，請詳見後文的剖析。

第一節　內省挫折的境界

邵雍詩的作品從詩人三十九歲至生命終了，在此之前的作品，千尋不得一，但是我們翻閱《邵雍年譜》與《擊壤集》集外篇的〈共城

<hr>

〔註3〕范祖禹，《范太史集》，卷三十六，401頁，民國國75年初版，四庫全書一一○○冊，台灣商務印書館，台北。

〔註4〕朱紱，《名家詩法彙編》，卷四，99頁，民國國61年9月初版，廣文書局，台北。

〔註5〕唐圭璋，《詞話叢編》第五冊，4239～4240頁，民國國77年台一版，新文豐出版公司，台北。

十吟〉竟然無心探得詩人毀棄少作的原因和遭遇挫折的線索。〔註6〕
據此線索讀邵雍詩,方能了解為何詩中時有流露對昔日受挫的回顧和
悵然的緣故。詩人在三十六歲秋闈科場重挫,病歸共城(河南輝縣)。
三十七歲春天,寫下〈共城十吟〉詩。從此,不再與試,專心於養志
與著述,贏得安樂窩山翁之名。邵雍詩主要的基調,固然落在閒、靜、
和、樂、諧、趣六大類,然而仍有不少的詩,隱隱約約透露出對於昔
日不得意和後來聲名洋溢所帶來的種種毀謗的省思,這類的哲人之
思,極富有種種濟世無望,生命無奈的困頓和脫離塵網的慶幸且混雜
於複雜的迷情現象。這在全集中是蠻藍色的生命情調,原與風儀灑落
的隱士風格大異其趣,而多少有儒家子路所說君子固窮之歎。

> 病起復驚春,攜筇看野新。水邊逢釣者,隴上見耕人。
>
> 訪彼形容苦,酬予家業貧。自慚功濟力,未得遂生民。
>
> 〈共城十吟之二,春郊閒步〉,卷二十
>
> 春風必有力,離腸被君斷。春風既無刀,芳草何人剪。
>
> 腸斷不復接,草剪益還生。誰人有芳酒,為我高歌傾。
>
> 〈共城十吟之三,春郊芳草〉,卷二十
>
> 風暖囀鳴禽,天低薄薄陰。煙容凝隴曲,雨意弄河心。
>
> 柳隔高城遠,花藏舊縣深。獨憐身臥病,猶許後春尋。
>
> 〈共城十吟之六,春郊晚望〉,卷二十
>
> 九野散漫漫,連昏鳥道間。坐中迷遠樹,門外失前山。
>
> 襏襫耕夫喜,恓惶居者閒。騷人正凝黯,天際意初還。
>
> 〈共城十吟之七,春郊雨中〉,卷二十
>
> 花開風雨後,忍病欲消磨。未是疏狂極,其如困頓何。
>
> 梁間新燕亂,天外去鴻多。總是灰心事,冥焉晝午過。
>
> 〈共城十吟之九,春郊舊酒〉,卷二十
>
> 自從三度絕韋編,不讀書來十二年。

〔註6〕鄭定國,〈邵雍共城十吟詩的探究〉,《雲林科大科技學刊第八卷第3
期》,民國國88年,雲林科技大學,雲林。

　　　　大甕子中消白日，小車兒上看青天。

　　　　閒爲水竹雲山主，靜得風花雪月權。

　　　　俯仰之間無所愧，任他人謗似神仙。　　　　〈小車吟〉，卷十二

　　這裡標舉五首〈共城十吟〉的小詩和一首〈小車吟〉對照互閱。前五首小詩，風味柔媚婉約，詩的涵敘述詩人病起後賞春的心情，其中念念不忘傷心人的壯志懷抱。如〈春郊閒步〉的「自慚功濟力，未得遂生民」寫出未出仕的讀書人許多的無奈。在〈春郊芳草〉的「春風必有刀，離腸被君斷」並不是單純比擬，而是用暗喻方式刻劃詩人在人生重挫後的傷痕。在「春郊晚望」的「獨憐身臥病，猶許後春尋」及〈春郊雨中〉的「騷人正凝黯，天際意初還」除了猶自憐怨外，還能如何？是以〈春郊舊酒〉云：「總是灰心事」也。詩人刻意模糊少年求學過程和科考經歷重挫的一段光陰，若非我們配合年譜的考證，對於類似〈小車吟〉詩中所說「自從三度絕韋編」的詩意，根本無從了解，還以爲係泛泛之辭，很容易錯失了詩人眞意之所在，也讓詩人不斷省思這一段挫折的回顧內涵而失去了眞解。至於詩人後來永不踏入仕途的決定是否正確？觀其後所作的詩，可以曉知這種決定的確是詩人一生的省思。如此內省生命和生活的經歷，在〈首尾吟〉等詩篇也往往隱約可見，故知它對詩人的影響絕對重大，因而造成詩人含蓄性的內省詩境也是相當妙絕的。

　　　　堯夫非是愛吟詩，詩是堯夫試硯時。

　　　　玉未琢前猶索辨，金經鍛後更何疑？

　　　　當時掉臂人皆笑，今日搖頭誰不知。

　　　　天外鳳凰飛處別，堯夫非是愛吟詩。

　　　　　　　　　　　　　　　　〈首尾吟之二十一〉，卷二十

　　　　堯夫非是愛吟詩，詩是堯夫試筆時。

　　　　以至死生猶處了，自餘榮辱可知之。

　　　　適居堂上行堂上，或在水湄言水湄。

　　　　不止省心兼省力，堯夫非是愛吟詩。

〈首尾吟之二十二〉，卷二十

堯夫非是愛吟詩，詩是堯夫試墨時。

十室邑中須有信，三人行處豈無師。

謀謨不講還疏略，思慮傷多又忸怩。

機會失時尋不得，堯夫非是愛吟詩。

〈首尾吟之二十三〉，卷二十

堯夫非是愛吟詩，詩是堯夫默坐時。

天意教閒須有謂，人心剛動似無知。

煙輕柳葉眉間皺，露重花枝淚靜垂。

應恨堯夫無一語，堯夫非是愛吟詩。

〈首尾吟之四十二〉，卷二十

堯夫非是愛吟詩，詩是堯夫試手時。

善死自明非不死，有知誰道勝無知。

楊朱眼淚惟能泣，宋玉心胸只解悲。

爲報西風漫相侮，堯夫非是愛吟詩。

〈首尾吟之五十六〉，卷二十

堯夫非是愛吟詩，詩是堯夫憶昔時。

天下只知才可處，人間不信事難爲。

眼觀秋水斜陽遠，淚灑西風黃葉飛。

此意如今都去盡，堯夫非是愛吟詩。

〈首尾吟之五十七〉，卷二十

堯夫非是愛吟詩，詩是堯夫自省時。

義若不爲無勇也，幸如有過必知之。

面前地惡猶能掃，心上田荒何所欺。

從諫如流是難事，堯夫非是愛吟詩。

〈首尾吟之九十五〉，卷二十

首尾吟百餘首是邵詩的一大系統，所作非一時，所表非一事，是

以自中年到晚年，斷斷續續貫串詩人的行事和生命。這裡挑出數首，有關省思年輕時的掙扎和決定。如：「當時掉臂人皆笑，今日搖頭誰不知」〈首尾吟之二十一〉又如：「掉臂行時莫顧人」〈進退吟〉。詩人對摒棄名利之道的決定相當自負，不過有時也會陷入極度傷悲的境地，甚至激動得覺得當年挫折是榮辱生死的事。例如：「楊朱眼淚惟能泣，宋玉心胸只解悲」〈首尾吟之五十六〉。又如：「煙輕柳葉眉間皺，露重花枝淚靜坐」〈首尾吟之四十三〉都是藉他物之酒杯澆自己胸次之磊塊，可見當年之痛苦。如此猶未足，乃至「以至死生猶處了，自餘榮辱可知之」〈首尾吟之二十一〉或「善死自明非不死，有知誰道勝無知」〈首尾吟之五十六〉皆在說明重大挫折之前後心態的詭異變化，所謂生死一線間，而內省挫折終此一生。

　　長憶當年掃敝廬，未嘗三徑草荒蕪。

　　欲為天下屠龍手，肯讀人間非聖書。

　　否泰悟來知進退，乾坤見了識親疏。

　　自從會得環中意，閒氣胸中一點無。　　〈閒行吟之一〉，卷七

　　行年五十二，老去復何憂。事貴照至底，話難言到頭。

　　上有明天子，下有賢諸侯。飽食高眠外，自餘無所求。

　　　　　　　　　　　　　　　　　　　　〈弄筆〉，卷四

　　何者謂知幾，惟神能造微。行藏全在我，用舍繫於時。

　　每恨知人晚，常憂見事遲。與天為一體，然後識宣尼。

　　　　　　　　　　　　　　　　　　　　〈浩歌吟〉，卷十六

　　從此之後詩人走入沈潛的階段，不復有「欲為天下屠龍手」〈閒行吟〉的意氣，逐漸知所進退，了解北宋的形勢「上有明天子，下有賢諸侯」，局勢太平，並非奇時，也不是自己能施展奇才抱負的情況，所以飽食高眠外，自餘無所求〈弄筆〉，然後始解孔子之用舍行藏正是繫於時〈浩歌吟〉的表現，此時的詩人雖然多少有些消極，但是轉而在理學方面發展，為知非後世學術界之福。

　　世上紛華都不見，眼前惟見讀書尊。

　　百千難過尚驚悸，三十歲前尤苦辛。

　　少日只知艱險事，老年方識太平身。

　　家風幸有兒孫繼，足以無心伴白雲。　　　〈歲暮吟〉，卷二十

　　安樂窩中好打乖，自知元沒出人才。

　　老年多病不服藥，少日壯心都已灰。

　　庭草剗除終未盡，檻花抬舉尚難開。

　　輕風吹動半醺酒，此樂直從天外來。　　　〈自和打乖吟〉，卷九

　　六十有六歲，暢然持酒盃。少無他得志，老有此開懷。

　　往往英心動，時時秀句來。尚收三百首，自謂敵瓊瑰。

　　　　　　　　　　　　　　　　　　　〈六十六歲吟〉，卷二十

　　人人共戴天，我戴豈徒然。須識天人理，方知造化權。

　　功名歸酒盞，器業入詩篇。料得閒中樂，無如我得閒。

　　　　　　　　　　　　　　　　　　　〈舉酒吟〉，卷十七

　　詩人在了悟得失以後，其發展方向已作調整。其一，詩人轉向
理學研究，著述爲《皇極經世書》。「窮日月星辰，飛走動植之數，
以盡天地萬物之理」（《皇極經世書》卷一），詩人欲現天下離合治亂
的道理，目的想要用天時來驗証人事。其中〈觀物內篇〉、〈漁樵問
對〉不乏人生哲學和歷史哲學的研究。此書的最後一篇爲〈無名公
傳〉，值得注意，吾人懷疑是詩人自述求學的歷程。云：「年十歲求
學於里人，遂盡里人之情，……年二十求學於鄉人，遂盡鄉人之
情，……年三十求學於國人，遂盡國人之情，年四十求學於古人，
遂盡古人之情，……年五十求學於天地，遂盡天地之情，……。」，
同時自述能有「善與人群」、「不妄與人交」、「君子不器」等優點，
進而詩人體認出「無可無不可」的主張是同於天地的。這種理學的
範疇實是亦道亦儒的結晶體，也是儒、道匯合的新儒學。其二，詩
人轉向詩學研究。壯年以後的詩人，更勤於寫詩，至死不輟。詩人
說：「時時秀句來……自謂敵瓊瑰」〈六十六歲吟〉，又說：「功名歸
酒盞，器業入詩篇」〈舉酒吟〉，詩人深信後半生心血寄託在《擊壤

集》，但是世人囿於傳統詩歌的美學觀，並不重視這本巨著。近數十年來，詩家另類如李商隱詩、李賀詩、王梵志詩都在翻身，邵詩也逐漸受重視。邵雍詩的素質純美，將來尚有許多研究空間。其三，詩人轉向潛居養志，跳出名利框。詩人說：「得志當爲天下事，退居聊作水雲身」又說：「自問此身何所用？此身惟稱老林泉」。詩人甘心老林泉，但是潛居的生活並沒有消磨詩人豪壯的志氣，仍然與司馬光、富弼、呂公著、王拱辰往來，並有不少學生、侶友在朝爲官，詩人的清議對於政情的建議，仍有間接的影響力，尤其對於洛陽民風的左右最具影響。

　　人生無定準，事體有多端。客宦危疑處，家書仔細看。

　　可憎憂險阻，方信喜平安。男子平生事，須於論定觀。

　　　　　　　　　　　　　　　　　　　　〈所感吟〉，卷十八

　　時止則須止，時行則可行。時行與時止，人力莫經營。

　　　　　　　　　　　　　　　　　　　　〈行止吟〉，卷十八

　　時難得而易失，心雖悔而何追。

　　不知老之已至，不知志與願違。　　　　〈得失吟〉，卷十九

　　繫自我者可以力行，繫自人者難乎力爭。

　　貴爲萬乘亦莫之矜，賤爲匹夫亦莫之凌。　〈貴賤吟〉，卷十九

　　何止千年與萬年，歲寒松桂獨依然。

　　若無揚子天人學，安有莊生內外篇。

　　已約月陂尋白石，更期金谷弄清泉。

　　誰云影論紛紜甚，一任山巔復起巔。

　　　　　　　　　　　　　　　　　　〈和王規甫司勳見贈〉，卷十七

　　陋巷簞瓢世所傳，予何人斯恥蕭然。

　　既知富貴須由命，難把升沈更問天。

　　靜默有功成野性，騫驤無路學時賢。

　　紛華出入金門者，應笑溪翁治石田。

　　　　　　　　　　　　　　　　　　〈和登封裴寺丞翰見寄〉，卷五

當年計過之，今日事難隨。天命不我祐，雲山聊自貽。

無何緣淡薄，遂得造希夷。卻欲嗤眞宰，勞勞應不知。

〈閑坐吟〉，卷四

一日去一日，一年添一年，饒教成大器，其那已華顛。

志意雖依舊，聰明不及前。若非心有得，亦恐學神仙。

〈歲杪吟〉，卷十七

凌晨覽照見皤然，自喜皤然一叟仙。

慷慨敢開天下口，分明高道世間言。

雖然天下本無事，不那世間長有賢。

自問此身何所用？此身惟稱老林泉。　　〈覽照吟〉，卷十一

內省挫折，讓邵雍誠摯的詩心，時而撲朔迷離，時而激情感動，時而戚戚我心，時而放懷胸襟，時而攤卷長思，詩人不隔之情，則躍然紙上，這種澀苦藍調的境界，有如啜飲苦茗咖啡，走入詩人當代當時的時光隧道，深深涵詠到詩人〈共城十吟〉沈潛的呼吸，不料其後他那石破天驚的抉擇竟成爲哲人之師。詩人有道：「當年志意欲橫秋，今日思之重可羞。事到強圖皆屑屑，道非眞得盡悠悠……」（〈歲暮自貽〉，卷八）可爲後世賢人進退之借鏡。

進退兩途皆曰賓，何煩坐上苦云云。

低眉坐處當周物，掉臂行時莫顧人。

齒髮既衰非少日，林泉能老是長春。

行於無事人知否，寵辱何由得到身。　　〈進退吟〉，卷十九

詩人想透過暝想和感興，來構築詩思。內省則有助於暝想，挫折的省思則有助於感興的抒發。邵雍家世和經歷的困與窮，造成對於其詩有大量的內省挫折的境界。本詩〈進退吟〉是邵雍六十七歲，去逝當年的作品。此時的邵雍早已把進退之道坐忘，感覺那已是生命中不相干的事了，或許連閑談偶及都是多餘的，所以首聯說「進退兩途皆是賓，何煩坐上苦云云。」頷聯表面上言動靜之理，內容

卻在解釋對動靜之道的看法。表達任何人對於自己的行事，要親自
負責，他人的看法至多只能參考。「低眉坐處當周物」正寫出內省修
養的功夫，「掉臂行」則顯出詩人果毅的判斷力。接著腹聯蘊藏對昔
日挫折的回顧，而尾聯「行於無事」很傳神地肯定自己融入渾沌眞
淳的修養。

> 安有太平人不平，人心平處固無爭。
>
> 棋中機械不願看，琴裏語言時喜聽。
>
> 少日掛心惟帝典，老年留意只羲經。
>
> 自知別得收功處，松桂隆冬始見青。
>
> 松桂隆冬始見青，蒿萊盛夏亦能榮。
>
> 光陰去後繩難繫，利害在前人必爭。
>
> 萬事莫於疑處動，一身常向吉中行。
>
> 人心相去無多遠，安有太平人不平。　〈旋風吟二首〉，卷十一

以〈旋風吟〉命題在歷代詩集都是罕見的，蓋取光陰如飛駒，從
少至老，隨風而逝之意。〈旋風吟〉之一，內省的重點在於生命中轉
捩點的選擇，所謂「別得收功處，隆冬始見青」。〈旋風吟〉之二，內
省的重點在於省思的歷程的檢討，即「萬事莫於疑處動，一身常向吉
中行」。一般人行事多半從疑處疑而不決，能內聖外王功夫的邵雍，
則於疑處暫捨而不隨便更動，乃趨吉避凶也。由於步步穩妥，故脫離
新舊黨爭而別有學術收功。這兩首詩是首尾環接的回文體。詩人採擇
各種非正統的詩體來試作己詩，勇於創體、勇於變化詩法的精神爲歷
代詩家所鮮見。

> 何者堪名席上珍，都緣當日得師眞。
>
> 是知佚我無如老，惟喜放懷長似春。
>
> 是志當爲天下事，退居聊作水雲身。
>
> 胸中一點分明處，不負高天不負人。　〈自述之一〉，卷十二

本詩邵雍自述進德修業的過程。首聯以「席上珍」明喻自己貫通

經史諸子百家的醞釀過程，有如聚百料而成一席上珍饌。「師眞」是指得自李之才師承道家系統的眞傳。頷聯自謙老而瀟灑，而有開放的胸襟。腹聯「得志當爲天下事，退居聊作水雲身」是委婉含蓄地表達平生志向。而與結聯的光明磊落自負自傲的道德修養形成強烈的錯位乖離的思考方式。前面六句詩都是一緊一鬆、一鬆一緊、緊鬆之間從容不迫的表現興託造句的技法。前面經過六句陪襯，直至最後二句忽然平地一聲雷，打開亮度、響度，將全詩的才智能量全部釋放而出，讓讀者感受到溫柔詩教中的豪放志氣。詩人以意迎志的本體內省思想和一切挫折經驗的內斂修爲是圓融無疑的，在很多的詩歌中都有一致的傾向，是以所形成的詩境，在往後的江西詩派詩家和王安石晚年小詩等皆深深地形成影響。

第二節　憂道和氣的境界

　　宋朝積弱的國力和繁華的經濟、文化反差，造成整個時代民胞物與的憂患意識。這種憂患意識容易產生愛國詩人，但是邵雍的憂道意識所形成的詩境，仍然走在詩壇的前端，而其內容又多所不同。邵雍有大才，深明於治道。自料不能鵬飛萬里，遂安貧樂道，不將閒氣放於心中，如君子之吐露芝蘭，予世人以春風和氣，予自己以詩酒太和。乃學閒健身，同於時和，頤養心性，同於天和。詩人的涵養施於天下能如此，自然能放懷一切。聖賢宣尼、顏子亦有所憂，詩人寧免乎？明朝葉廷秀云：「邵子詩：天下止知才可處，人間不信事難爲。二句一連讀，可謂深於言治道者矣。」（《詩譚》卷十葉氏所引此句詩係邵詩〈首尾吟之五十七〉，然《詩譚》「才可處」誤作「才可愛」，今據改）葉氏所言固深明邵雍有治世之才。

　　邵雍行事往往有「康濟」之念，此即憂道的憂患意識。然所憂道爲何？邵雍所體認的道，以儒家爲基，以道家爲師，雜以當代文壇的佛教禪宗思想，如此，事實上已雜揉三家，混合爲其道的本體了。所

以我們細述詩人所憂之道有三：其一家國君臣之憂，其二養志自處之憂，其三憂道之不傳。今首先探討其憂道之心境，其次再了解其和氣之所蘊，請見下文分析。

（一）家國君臣之憂

時時醇酒飲些些，頤養天和以代茶。

無雨將成大凶歲，負城非有好生涯。

身居畎畝須憂國，事委男兒尚恤家。

人問老來何長進，鑑中添得鬢邊華。　　　　　〈飲酒吟〉卷十九

安樂窩中一部書，號云皇極意何如？

春秋禮樂能遺則，父子君臣可廢乎。……，

治久便憂強跋扈，患深仍念惡驅除，……。

〈安樂窩中一部書〉，卷九

既為文士，必有武備。文武之道，皆吾家事。

〈文武吟〉，卷十五

九州環遶峙棋枰，萬歲嵩高看太平。

四海有人能統御，中原何復有交爭。

長憂眼見姦雄輩，且願身為堯舜氓。

五十三年蕪沒事，如今方喜看春耕。　　　　　〈登嵩頂〉，卷五

不憤曹公誇許昌，苟非梁益莫爭王。

三分區宇風雷惡，橫截西南氣勢強。

行客往來閒指點，史官褒貶浪文章。

後人未識興亡意，請看江心舊戰場。

〈和夔峽張憲白帝城懷古〉，卷六

自古防邊無上策，唯憑仁義是中原。

王師問罪固能道，天子蒙塵爭忍聞。

二晉亂亡成茂草，三君屈辱落陳編。

公閭延廣何人也，始信興邦亦一言。　　　〈防邊吟〉，卷十八

邪正異心，家國同體。邪能敗亡，正能興起。

〈家國吟〉，卷十四

奴強主殃。臣強君殃。尾大于身。

冰堅于霜，辨之不早，國破家亡。　　〈偶書〉之三，卷十四

僕奴凌主人，所患及人國。自古知不平，無由能絕得。

〈思患吟〉，卷八

中原之師，仁義爲主。仁義既無，四夷來侮。

〈中原吟〉，卷十八

「身居畎畝須憂國，事委男兒尙恤家」這是詩人愛國恤家的精神。詩人喜讀史事，每多感慨。邵雍詩歌是體道的工具，詠史詩在邵雍的寫作領域中是一大系統，我們將以專章闡析，此處暫略。詩人以奴強主殃比喻金、夏與宋朝之間的邊患戰爭，而辨敵之不早，將會造成國破家亡最令人耽心。歷史明明以事實爲証，不斷告訴世人「後人未識興亡意，請看江心舊戰場」，而世人卻以「長憂眼見姦雄輩，且願身爲堯舜氓」爲劫後餘生的最大幸福的盼望。詩人時洩天機，預言「王師問罪固能道，天子蒙塵爭忍聞」，後來竟不幸而言中。總之，詩人生在太平世，活在太平世，死在太平世，卻終其一生未忘家國之憂，這是宋朝國力常處積弱難振的情勢下讀書人共同的隱憂。

四賢當日此盤桓，千百年人尚厚顏。

天下有名難避世，胸中無物漫居山。

事觀今古興亡後，道在君臣進退間。

若蘊奇才必奇用，不然須負一生閒。

〈追和王常侍登郡樓望山〉，卷二

定國案：四賢，指漢初隱士商山四皓，曾出山爲太子繼位事做
　　　　說客，事畢，返歸山林。

皋陶遇舜，伊尹逢湯。武丁得傅，文王獲姜。

齊知管仲，漢識張良。諸葛開蜀，玄齡啓唐。

〈偶得吟〉，卷十六

堯夫非是愛吟詩，詩是堯夫處否時。

信道而行安有悔，樂天之外更何疑。

受疑始見周公旦，經陋方明孔仲尼。

大聖大神猶不免，堯夫非是愛吟詩。

〈首尾吟之一〇二〉，卷二十

堯夫非是愛吟詩，詩是堯夫代記時。

官職固難稱太史，文章卻欲學宣尼。

能歸豈謝陶元亮，善聽何慚鍾子期。

德若不孤吾道在，堯夫非是愛吟詩。

〈首尾吟之六十三〉，卷二十

予敢對客曰，事有難其詮。身非好散緼，口非惡珍羶。

豈不知繫匏，而固辭執鞭。蓋懼觀朵頤，敢忘賁丘園。

深極有層波，峻極有層顛。履之若平地，此非人所艱。

貧賤人所苦，富貴人所遷。處之若無事，此誠人所難。

進行己之道，退養己之全。既未之易地，胡為乎不堅。

〈寄謝三城太守韓子華舍人〉，卷一

　　君臣之間最忌猜疑，詩人在〈樂毅吟〉詩云：「樂毅事燕時，其心有深旨。……自古君與臣，濟會非容易。……」（卷十八），來表達徒有康濟天下之心，而不得志之慨嘆。邵雍藉許多的詠史詩表達君臣不相得的窘困和遺憾，同時也暗示功成不居，才是君臣相處之道為最圓滿的結局。詩人曾養志待發地說：「若蘊奇才必奇用，不然須負一生閒」。他自信滿滿地期待著，不幸，終不受重用，一生光陰就飛也似的進入暮年。詩人徜徉山林，坐臥水雲，依然不忘養志。此處〈偶得吟〉所舉的賢人都是極端受重用的奇才，故明則為皋陶、伊尹、傅說、姜太公、管仲、張良、諸葛亮、房玄齡等人慶幸，暗則替自己叫屈。否則人生空走一遭，只有「信道而行安有悔，樂天之外更何疑」。詩人隱居於市，仍難逃謗疑之言，其時宋朝的文字獄初興，故其詩仍時露「深極有層波，峻極有層顛」的畏懼。詩人聰穎絕倫，早萌悟退進之道，且養且待，方能偷得三十年之清閒。

（二）養志自處之憂

堯夫非是愛吟詩，詩是堯夫自勵時。

適道全由就師學，出塵須是稟天資。

好賢只恐知人晚，樂善惟憂見事遲。

多謝友朋常見教，堯夫非是愛吟詩。

〈首尾吟之十六〉，卷二十

堯夫自處道如何？滿洛陽城都似家。

不德於人焉敢異，至誠從物更無他。

眼前只見羅天爵，頭上誰知換歲華。

何止春歸與春在，胸中長有四時花。　〈自處吟〉，卷十九

才高命寡，恥居人下。若不固窮，非知道者。

〈偶書之四〉卷十四

　　盛衰有時，才高命寡，詩人早知功名無分，於是從名利窟中，
及時抽身。雖然水竹野居度歲月，花開花謝撩亂飛，詩人卻不自勵
自強，既不隨波逐流，也不願狂放頹廢，仍過著養浩然正義，固窮
安貧的日子，養浩然正氣，以儒家而言即是養志的表現。這種惟憂
不能守住天爵的心情，讓詩人在世時一片清明，去逝後影響深遠。
也讓詩人心胸襟抱長有中和之氣，春如四時之花，自然綻放。此處
詩人也說到學問的出處在於「就師學」，是否能表現不凡則在「天資
稟賦」。至於轉憂慮為樂善的最好方法，就是思慮周詳，見事不遲，
則不受其災殃。

日日步家園，清風不著錢。城中得野景，竹下弄飛泉。

自願無嗟若，何妨養浩然。卻慚天下士，語道未忘筌。

〈依韻和田大卿見贈〉，卷七

　　今舉〈依韻和田大卿見贈〉詩為例，來說明邵雍憂道養志自處的
境界。儒家詩學言志為傳統，而邵雍的言志是走復古路線，不行陸機
以後體物緣情的路線，而回復到詩經時代的表達方式，因此他在本詩
中講「何妨養浩然」是蠻有儒家政治理想和倫理思惟的看法。田棐為

富弼的門下士，官大卿。宋神宗熙寧初年，富弼爲相，欲舉薦遺逸，
曾派遣田棐來邀詩人肯出仕否？從此詩人與田棐相知相善。首聯談詩
人家居生活，頷聯寫出遊之樂。以上兩聯都是講外境的安樂。腹聯，
話頭一轉，進入詩人內心世界的表達。「自願無嗟若，何妨養浩然」
是說詩人甘心爲逸士，無意嗟歎到老，願意時時涵養浩然正氣。「嗟
若」即嗟歎，語出易經離卦，這裡我們見到詩人的靈活用典的方式。
尾聯是全詩重點，凸顯詩人未能忘情於道通天人之際的才華而仍思其
有奇用之一天。「忘筌」用《莊子・外物篇》的故實，又見詩人的用
事技巧。全詩憂道養志之心溢於言表，但覺前四句詩的溫和之氣融貫
全篇，卻不帶任何煙硝味。

（三）憂道之不傳

　　痛矣時難得，悲哉道未傳。今年年已盡，明日是明年。

〈痛矣吟〉，卷十九

　　堯夫非是愛吟詩，詩是堯夫詫劍時。

　　當鍛鍊時分勁節，到磨礱處發光輝。

　　長蛇封豕休撩亂，狡兔妖狐莫陸離。

　　此器養來年歲久，堯夫非是愛吟詩。

〈首尾吟之一三四〉，卷二十

　　〈痛矣吟〉反映出詩人悲道未傳之遺憾和懼意。陳摶與詩人都是
大器，都是振古之豪傑，然而豪傑的雄心壯志有待傳承才能繼續發
揚，所以詩人憂道之不傳。在〈首尾吟〉的最後一首詩，詩人以詫劍
爲題旨，象徵詩人的鍛鍊成長、展才發光、除亂濟世的一連串志氣，
也吐露一生的大不凡，可惜這種不世之人不世之才，終未受到重用。
今日復今日，今年復明年，時光似流水令詩人始終耽憂道業不得傳諸
久遠。由於詩人學問廣大，先天易學雖至沒世而未多傳，其餘諸學尚
有子嗣邵伯溫等繼承，此則稍可安慰者矣。

　　憂道固儒家之本色，但是道只在人心，惟心憂之。若憂時先天下

之憂而憂，可放手處當自在度日，同樂易友，如此面前徑路才能寬廣。詩人明白多欲為多求，多欲多求則多憂。為了平衡情性，過著歡樂人生，詩人把和氣舒散在生活當中，讓既清又和的情味，充滿胸臆，充滿生活，帶給曾交往的友人，甚至於不相識的鄉人。

下文願來探討他「和氣」的詩境。

酒涵花影滿巵紅，瀉入天和胸臆中。

最愛一般情味好，半醺時與大初同。

〈寄亳州秦伯鎮兵部之六〉，卷八

堯夫何所有？一色得天和，夏住長生洞，冬居安樂窩。

鶯花供放適，風月助吟哦。竊料人間樂，無如我最多。

〈堯夫何所有〉，卷十三

二室多好峰，三山多好雲。看之不知倦，和氣潛生神。

一慮若動蕩，萬事從紛紜。人言無事貴，身為無事人。

〈遊山之二〉，卷三

平生如仕宦，隨分在風波。所損無紀極，所得能幾何？

既乖經世慮，尚可全天和。樽中有酒時，且飲復且歌。

〈閒吟四首之一〉，卷一

靜坐養天和，其來所得多。耽耽同廈宇，密密引藤蘿。

忘去貴臣度，能容野客過。繫時休戚重，終不道如何。

〈和君實端明花庵獨坐〉，卷九

春至已將詩探伺，春歸更用酒追尋。

酒因春至春歸飲。詩為花開花謝吟。

花謝花開詩屢作，春歸春至酒頻斟。

情多不足強年少，和氣衡心何可任。 　〈喜春吟〉，卷十

清而不和，隘而多鄙。和而不清，慢而鮮禮。

既和且清，義無定體。時行則行，時止則止。

〈清和吟〉，卷十六

性亦故無他，須是識中和。心上語言少，人間事體多。

如霖迴久旱，似藥起沈痾。一物當不了，其如萬物何。

〈中和吟〉，卷十九

閒與賓朋飲酒盃，盃中長似有花開。

清談纔向口中出，和氣已從心上來。

物外意非由象得，坐間春不自天迴。

施之天下能如此，天下何憂不放懷。　　〈舉酒吟〉，卷十七

　　和之一字從心上來，時和也罷，中和、天和也好，皆是和氣，皆是發自內心，形諸外體，融和在詩境中。以〈舉酒吟〉為例，首聯「閒與賓朋飲酒盃，盃中長似有花開」已點明如「花開」般的和氣在酒盃、賓朋之間瀰漫，這樣歡愉的場景，才能舖陳頷聯「清談纔向口中出，和氣已從心上來」。腹聯上句雖然抽象，早有前四句作先鋒，不難理解，下句又以具象的春天，遙接首聯，這些比擬手法都是象徵性的，並非真的有花、真的有春天。結聯「放懷」兩字生動，「天下」兩字擴張力強健，故全詩由近及遠，想像的擴張性如酒醺人，詩人能把相當理性的詩，寫得具體而雋永，耐咀嚼，耐回味，而和氣晏如的境界，讓人頓忘今古，與憂道真誠之境，互輔互成，天然中和。

雖老仍思鼓缶歌，庶幾都未喪天和。

明夷用晦止於是，庶妄生災終奈何。

似箭光陰頭上去，如麻人事眼前過。

中間若不自為計，所損其來又更多。　　〈戊申自貽〉，卷六

　　邵詩「和氣」的境界，來自於詩人的道德修養和心理証悟的綜合成就。這種「和」的意境，打破了《詩經》以來詩可以怨可以不平的詩教，卻符合了溫柔敦厚的詩教，兩者之間看似矛盾，實際上自有詩以降迄今，這些說法是並存的，只是歷朝歷代的詩論偏重方向不同而已。宋朝理學家對儒家中庸的喜怒哀樂發而中節的中和思想，頗能接受，先由邵雍引入詩歌中，以致於後來宋儒樓鑰、朱熹分別提「心平氣和」、「平淡自攝」的詩論（參見《宋代詩學通論》第二章 58 頁），

最後導致詩歌宋調、唐音的分野。今舉〈戊申自貽〉詩為例說明。本詩首聯詩人相當趣味性的說老而彌愛作詩。「缶歌」即指《擊壤集》一書;「天和」表述詩人心境。頷聯「明夷」、「無妄」係用易經的典,以典為喻來作詩,是詩人活用詩法的技巧。頷聯的重點指出自己的困境所在。腹聯,將頷聯的困境輕輕平和的化解,從淡語中見詩人曲折轉變的功力。尾聯則概括的總結,把一路走來的得失作了說明。尾聯則除了回應腹聯之外,也照顧了頷聯的文意。本詩詩境係由詩人的憂道與和氣結合成特別的平和的情韻。

第三節　養生安樂的境界

　　養生安樂的境界,是一種達觀的人生態度。我們據前文已知詩人一生的挫折不斷,如何能釋放鬱悶並宣泄憂思呢?於是詩人從快意人生的道德和心理層面去做到突破苦吟,解脫困境挫折。詩人一方面在心理上道德修養上,達而不困,安樂自適,另一方面則保持身體康泰,養生自適,這種自喜自得的寬廣徑路,形成詩人特有的養生安樂的風格和詩境。

　　詩人自述寫詩的態度不願陷入過於悲傷過於狂樂的情況,所謂「惡則哀之,哀而不傷。善則樂之,樂而不淫」(〈答傅欽之〉,卷十二) 此乃善於養生之道。《詩譚》卷六也引一段邵詩養生的文字,云:「節飲食,減嗜慾,此養生六字符也。……偶讀邵康節一詩曰:仁者難逢思有常,平居慎勿恃無傷。爭先徑路機關惡,近後語言滋味長。爽口物多終作疾,快心事過必為殃。與其病後能求藥,不若病前能自防。嗚呼!養生之道盡之矣。」觀其所云頗能夠了解邵詩養生安樂的境界。

　　詩人之居曰安樂窩,自號安樂先生。安樂逍遙原是詩人的詩境之一,《宋史·邵雍傳》曰:「(程) 顥為銘墓,稱雍之道純一不雜,就其所至,可謂安且成矣。」安且成之出處想必從詩人的諡名而來。詩人諡康節,安即康之義,安康、安樂、康濟天下是其內涵。成即節之義,成節、誠心、成就內聖外王之學是其內涵。所以善養生者知安樂,

有安樂之心者善養生，互爲形影，形成逍遙的精神境界，可見安樂逍遙的詩境與養生的詩境是互補融合的，蔚爲邵雍詩養生安樂的境界也。〔註7〕下文將舉例說明之。

> 將養精神便靜坐，調停意思喜清吟。
>
> 如何醫藥不尋訪，近日衰軀有病侵。　　　　　〈旋風吟之四〉
>
> 老苦頭風已病軀，新添臂痛又何如。
>
> 無妨把盞只妨拜，雖廢梳頭未廢書。
>
> 不向醫方求效驗，惟將談笑且消除。
>
> 大凡物老須生病，人老何由不病乎。　　　　〈臂痛吟〉，卷十一
>
> 人不善飲酒，惟喜飲之多。人或善飲酒，惟喜飲之和。
>
> 飲多成酩酊，酩酊身遂痾。飲和成醺酣，醺酣顏遂酡。
>
> 　　　　　　　　　　　　　　　　　　〈善飲酒吟〉，卷十一
>
> 把酒囑兒男，吾今六十三。處身雖未至，講道固無慚。
>
> 世上榮都謝，林間樂尚貪。語其貧一也，且免世猜嫌。
>
> 　　　　　　　　　　　　　　　　　　　　　〈把酒〉，卷十
>
> 心安身自安，身安室自寬。心與身俱安，何事能相干。
>
> 誰謂一身小，其安若泰山。誰謂一室小，寬如天地間。
>
> 　　　　　　　　　　　　　　　　　　　　〈心安吟〉，卷十一
>
> 待物莫如誠，誠眞天下行。物情無遠近，天道自分明。
>
> 義理須宜顧，才能不用矜。世間閒緣飾，到了是虛名。
>
> 　　　　　　　　　　　　　　　　　　　　〈待物吟〉，卷十一
>
> 握固如嬰兒，作氣如壯士。二者非自然，皆出不容易。
>
> 心爲身之主，志者氣之帥。沈珠於深淵，養自己天地。
>
> 　　　　　　　　　　　　　　　　　　　　〈攝生吟〉，卷十九
>
> 山高水復深，無計奈而今。地盡一時事，天開萬古心。
>
> 輕煙籠曉閣，微雨散青林。此景雖平淡，人間何處尋。

〔註7〕蔡宏〈道家道教對宋明理學本體論形成和發展的影響〉，《孔孟月刊》
　　　　第三十七卷第11期，民國國88年7月，台北。

〈晨起〉，卷三

　　詩人在〈攝生吟〉提到攝生之道在存養自己心志天地，不必像嬰兒般固執，不必像莽夫般生氣，順時而出，順勢而潛。有達觀的念頭和行事才能取得眞樂，將養精神。詩人將養精神的方法是靜坐調身心，有病也不亂服成藥，保持談笑的心情，選擇適當的春、秋、季作戶外活動。詩人好酒，但頗懂得微醺即止，不造成身體的病痾。這些攝生法，付諸行事，便是放棄世間名利熱，離開世網的陷阱，追求林間樂，追求寬廣的勻安，心安則身安矣。就以〈晨起〉一詩爲例，讀詩人從養生見天地寬廣、灑然的詩境，油然而生。首聯兩句說世途的險惡，頷聯兩句豪氣干雲。腹聯、尾聯則由情入景；腹聯寫實景，語淡雅而味甘醇。尾聯點明作結，稍嫌蛇足。全詩表達詩人從自然界的變遷和歷史變化的哲學中體悟養生安樂的境界。

　　　　生身有五樂，居洛有五喜。人多輕習常，殊不以爲事。

　　　　吾才無所長，吾識無所記，其心之泰然，奈何人了此？

　　　　自註：一樂生中國，二樂爲男子，三樂爲士人，四樂見太
　　　　　　　平，五樂聞道義。

　　　　　　　一喜多善人，二喜多好事，三喜多美物，四喜多佳
　　　　　　　景，五喜多大體。

〈喜樂吟〉，卷十

　　詩人把眞樂的快感寫在詩中（〈逍遙吟之二〉，卷七），並在〈安樂吟〉詩以第三人稱方式自述快樂的原因，[註8]他說：「安樂先生……樂見善人，樂聞善事。樂道善言，樂行善意。……爲快活人，六十五歲。」（卷十四）快活是樂的表現，是泰然的心態，是以詩人在〈喜樂吟〉詩標舉五樂五喜，這十件喜樂事的範疇更甚於前詩所說的內

[註 8] 邵雍，《擊壤集》卷十四有〈小車六言吟〉，〈安樂吟〉、〈竊牖吟〉、〈盆池吟〉、〈小車吟〉、〈大筆吟〉六篇都是詩人自述之作，不能匆匆讀過，可以解析其行誼和心理狀態。懂得把生活中的一切轉化爲心靈享受的詩人是眞正享受養生眞樂的人，我們佩服詩人有「樂吾眞樂樂無涯」的想法。

容，彰顯出眞樂之境。

　　遠欄種菊一齊芳，戶牖軒窗總是香。

　　得意不能無興詠，樂時況復過豐穰。

　　深秋景物隨宜好，向老筋骸粗且康。

　　飲罷何妨更登眺，爛霞堆裏有斜陽。　　　　〈秋暮西軒〉，卷七

　〈秋暮西軒〉詩，首聯形容詩人西軒一角的秋色，菊有黃、白、紅諸色繽紛，色美而清香，有形色有味覺還有一股雅意，寫得眞好，次聯敘述愉悅的小園環境感染了詩人，眞樂的心，益以當時社會豐穰眞樂的大環境，湧上的諸多快樂足使詩人的詩興躍躍欲試。那知第三聯更加上詩人的身體狀況尚康健，將快樂意思推至顚峰。結聯逐漸將歡情舒散至傍晚的霞光，由情及景。結聯非常優美，這在理學詩人的詩中是較少的傑作。又結聯首句「飲罷」二字眞妙，如此方見全詩皆沈醉在歡樂的情境中，點睛之妙，境界全出。

　　數朝從款走煙霞，縱意憑欄看物華。

　　百尺樓臺通鳥道，一川煙水屬僧家。

　　直須心逸方爲樂，始信官榮未足誇。

　　此景得遊無事日，也宜知幸福無涯。

　　　　　　　　　　　　　　　　〈龍門石樓看伊川〉，卷五

　〈龍門石樓看伊川〉詩，首聯寫前赴龍門憑欄賞景。數朝，是記多次，非一朝而係數朝。從款，從駕也。領聯首句「百尺樓」狀寫石樓之高，從高處遠眺寫曲徑鳥道。次句白描煙雲水澤之美。山間有僧，故有廟，而擁有一川煙水。詩人不寫僧家住在一川煙水間，而逆寫「一川煙水屬僧家」，把詩人欣羨僧家日月山水爲樂的心理很微妙的刻畫出來，且有蒼茫煙水一僧家的繪畫之美。腹聯，尾聯講「心逸」、「無事」正足以明白養生與眞樂屬於一體二面的心境。

　　歡喜又歡喜，喜歡更喜歡。吉士爲我友，好景爲我觀。

　　美酒爲我飲，美食爲我餐。此身生長老，盡在太平間。

　　　　　　　　　　　　　　　　　　　　　〈歡喜吟〉，卷十

每度過東街，東街怨暮來。只知閒説話，那覺太開懷。

我有千般樂，人無一點猜。半酣歡喜酒，未晚未成迴。

〈每度過東街〉，卷七

人言別有洞中仙，洞裏神仙恐妄傳。

若俟靈丹須九轉，必求朱頂更千年。

長年國裏花千樹，安樂窩中樂滿懸。

有樂有花仍有酒，卻疑身是洞中仙。　　〈擊壤吟〉，卷八

吾常好樂樂，所樂無害義。樂天四時好，樂地百物備。

樂人有美行，樂已能常事。此數樂之外，更樂微微醉。

〈樂樂吟〉，卷九

不把憂愁累物華，光陰過眼疾如車。

以平為樂忝知分，待足求安恐未涯。

食罷有時尋蕙圃，睡餘無事訪僧家。

天津風月勝他處，長是思君共煮茶。

〈依韻和王不疑少卿見贈〉，卷六

吾家職分是雲山，不見雲山不解顏。

遊興亦難拘日阻，夢魂都不到人間。

煙嵐欲極無涯樂，軒冕何嘗有暫閒。

洛社交朋屢相約，幾時曾得略躋攀。　〈和祖龍圖見寄〉，卷五

洛城春去會仙才，春去還驚夏卻來。

微雨過牡丹初謝，輕風動芍藥纔開。

綠楊陰裏擁樽罍，身健時康好放懷。

〈李少卿見招代往吟〉，卷十五

堯夫非是愛吟詩，詩是堯夫盡性時。

若聖與仁雖不敢，樂天知命又何疑。

恢恢志意方開暇，綽綽情懷正坦夷。

心逸日休難狀處，堯夫非是愛吟詩。〈首尾吟之九六〉，卷二十

堯夫非是愛吟詩，詩是堯夫入夏時。

醪酒竹間留客飲，清風水畔向人吹。

嬋娟月色滿軒檻，菡萏花香盈袖衣。

樂莫樂于無事樂，堯夫非是愛吟詩。〈首尾吟之四五〉，卷二十

　　詩人生長在太平之世，對於太平安樂的感受特別深刻，尤其詩人家境不豐，能平順安逸度日已是慶幸，因薄有名聲，雖不為官而能交游士族、地方官員、世人，所以展眉歡喜之心是異於常人的。但是真正太平安樂的來源，是源自內心的平和和養生的覺知。「身健時康好放懷」〈李少卿見招代往吟〉、「樂莫樂于無事樂」〈首尾吟之四五〉、「樂天知命又何疑」〈首尾吟之九六〉，都可以作為養生真樂境界的註解。可見詩人覺得此樂只應天上有，人間只有我會嘗，甚至連夢中也樂哪。

　　「無事之樂」是詩人終生所標榜樂的極致之美。然而「無事之樂」的具體的形象為何？從〈首尾吟之四五〉詩人所述「醪酒竹間留客飲，清風水畔向人吹。嬋娟月色滿軒檻，菡萏花香盈袖衣。」看來，醪酒、清風、月色、花香固然是無事樂的道具，最重要的是留下該留的客人的那份閒情郁意才是貫串無事樂的精神要件。

洛水近吾廬，潺湲到枕處。湍驚九秋後，波急五更初。

細為輕風背，豪因驟雨餘。幽人有茲樂，何必待笙竽。

〈天津水聲〉，卷四

　　〈天津水聲〉詩就是描寫詩人在睡中享受洛水天籟之音。音聯說洛水水聲由遠及廬及枕，水流溫柔潺湲，此與李白「黃河之水天上來」的奔騰，大異其趣。頷聯突然氣勢一轉，柔水變激湍，在五更時分驚醒了詩人。腹聯，寫出水聲因風雨的變化。「豪」原文作「豪」，但是「毫」係「豪」之形誤字，因為細、豪文理相對，文意明顯。上句講流水聲因背風之故轉生細柔；下句說驟雨之餘，流水因狂奔故聲勢驚人，如此頷腹兩聯順勢相承無礙。尾聯亦妙結。笙竽是人工之樂，溪河屬天籟，本詩把若即若離的洛水水聲寫得靈活極了。

各川秋入景尤佳，微雨初過徑路斜。

水竹洞中藏縣宇，煙嵐塢裏住人家。

霜餘紅間千重葉，天外晴排數縷霞。

溪淺溪深清激灩，峰高峰下碧查牙。

鳥因擇木飛還遠，雲爲無心去更賒。

蓋世功名多齟齬，出群才業足咨嗟。

浮生日月仍須惜，半老筋骸莫強誇。

就此巖邊宜築室，樂吾眞樂樂無涯。

〈十四日留題福昌縣宇之東軒〉，卷五

〈留題福昌縣宇之東軒〉詩是首排律。首聯寫洛川雨後的秋景，寫法是從遠及近。次聯講到景緻秀韻的縣宇，已扣緊詩題。前二聯遣詞清雅。其次二聯全寫景先近景後遠景，高下分明，有溪流有高山，用字綺麗，有晚唐詩風。再次二聯借飛鳥與浮雲暗喻詩人進退的猶豫，以及才無所用的噓唏。最後二聯詩意轉向內斂，以珍重歲月養生善攝，眞樂度日爲收。這首詩保有詩人早期的詩風，也可見得詩人從中年前後已排除苦吟，而在心態上轉向樂吟、笑吟，足以舒解詩人困境，終而羽化成爲安頓人生的心靈慰藉。

第四節　閒靜恬淡的境界

閒靜是一種溫潤寬舒的世界，同時與絕妙的恬淡也連成一氣，可以說，閒靜恬淡是一以貫之的詩境。程顥《明道集・和堯夫首尾吟》云：「醉裏乾坤都寓物，閒來風月更輪誰？」「閒」是邵雍詩的主要精神。所以朱熹在《南宋文範・六先生畫像贊》給康節先生的評價云：「閒中今古，醉裏乾坤」，這顯然襲自程顥的詩，而同樣有見地。朱熹說：「康節爲人，須極會處置事爲，他神閒氣定，不動聲氣，須處置得別，蓋他氣質本來清明，又養得純厚，不曾枉用了心，他用心都在緊要上爲，他靜極了，看得天下事理精明。」（《宋名臣

言行錄外集》卷五）程顥曾形容詩人「心虛而明」《宋史》，程、朱諸人將邵雍閑與靜的源頭講得明白。明朝陳白沙說：「康節以鍛鍊入平淡，可說語不驚人死不休，何必要算老杜才精工？古今詩能與康節相比，只有寒山、靖節二老而已，但也未必如康節之工。」指出邵的平淡係娃過鍛鍊，在「淡」的美感之中，仍致力於內涵的老成變化和理語雋永的深化。吾以爲邵雍的詩非「平淡」，非「沖淡」，淡固然是宋詩共同的特色，而溫潤有餘的「恬淡」，卻是邵詩獨有的，此乃邵雍個性使然，呈現於詩境亦如此。或云：「香山詩恬淡閒適之趣，多得之于陶韋。」〔註9〕即言凡詩人有此靜閑的心靈方有此趣味，白香山，陶淵明、韋應物和邵雍皆有此故。邵雍一生淡泊明志，返樸歸眞，著重以物觀物的觀照中見閑靜見恬淡，別人以爲困他不以爲困，別人以爲貧他不以爲貧，用心如鏡，如鑑現形，這種脫然於世俗之外，脫然於詩法之外的心靈和活句，造成邵雍詩風，變化紛華而進入閑靜恬淡的意境。這裡把詩人春秋之際，小車出遊行樂的路線，略作敘述。嘉祐壬寅歲，堯夫從河南共城再遷至洛陽天津橋附近的新居。此後，冬夏之交居住在安樂窩，又稱長生洞，平日都不外出。只在春秋兩季始駕車驅牛而出。起駕前先飲茶，身著道裝，手拿塵尾，車軫掛詩帙，車轅懸酒缸。朝出履道坊，行經五鳳樓、天津橋、金谷園、魏王堤、月陂街、銅駝街、東街。晚間歸來，則經過平康里至道德坊的宅第。有時一天即歸，有時數天方歸，閑而恬的意味就在其間。居家常晨時焚香，偶而彈琴、閑即著局棋、飲美酒、賞好花、作皇極、吟新詩，然後揮毫大字書詩。出行則閑遊、賞花、登山、上高樓，時或獨步洛濱、閑倚天津橋，時或參加洛社文會。總之，善於安排生活快樂之事。

　　竹雨侵人氣自涼，南窗睡起望瀟湘。

　　茅簷滴瀝無休歇，卻憶當初宿夜航。　　〈閑居述事之二〉，卷四

〔註9〕趙翼，《清詩話續編甌北詩話》卷四，1178 頁，民國國 74 年 9 月初版，藝文印書館，台北。

林下居常睡起遲，那堪車馬近來稀。

春深晝永簾垂地，庭院無風花自飛。　　　〈暮春吟〉，卷十三

樂靜豈無病，好賢終有心。

爭如自得者，與世善浮沈。　　〈答和吳傳正贊善之二〉，卷十八

年年長是怕春深，每到春深病不任。

傷酒情懷因小會，養花天氣爲輕陰。

歲華易革向來事，節物難迴老去心。

唯有前軒堪靜，坐臨風想望舊知音。

　　　　　　　　　　　　　　　　〈暮春寄李審言龍圖〉，卷六

花前靜榻開眠處，竹下明窗獨坐時。

著甚語言名字泰，林間自有翠禽知。　〈寄李景真太博〉，卷八

閒坐更已深，就寢夜尚永。

展轉不成寐，卻把前事省。

奠枕時昏昏，攲衾還耿耿。

西窗明月中，數葉芭蕉影。　　　　　　　〈不寢〉，卷四

風背河聲近赤微，斜陽淡泊隔雲衣。

一雙白鷺來煙外，將下沙頭卻背飛。

　　　　　　　　〈依韻君實端明過洛濱獨步之二〉，卷十

　　閒居靜思和恬淡度日，爲詩人中晚年避開濁世紛爭最享清福的生活。〈過洛濱獨步之二〉係邵雍和司馬光韻的一首絕句。首句寫河聲之微，次句繪出斜陽之恬美。「風背」、「隔雲衣」塑造出山色水意的朦朧美。第三句「白鷺」是實物，亦係高潔的象徵意象。而「一雙」遣詞恬潤，性格合群，詩人一樣是在寫自己形象。「煙外」有跳出塵外之想。尾句利用視覺一來一去向背反差的效果，伸張詩句空間的張力。將白鷺棲息和遠揚的矛盾情景，與詩人不願受名利牢籠所拘的徘徊心境雜揉對比，在閒靜中確有掙扎。歷代詩評家頗喜愛這首詩，較常選入爲宋詩邵雍詩的代表作品，但詩後的背景皆不甚了了。

上陽光景好看書，非象之中有坦途。

良月引歸芳草渡，快風飛過洞庭湖。

不因赤水時時往，焉有黃芽日日娛。

莫道天津便無事，也須閒處著功夫。

　　　　　　　　　　〈十五日依韻和左藏吳傳正寺丞見贈〉，卷五

老年軀體索溫存，安樂窩中別有春。

萬事去心閒偃仰，四支由我任舒伸。

庭花盛處涼鋪簟，簷雪飛時軟布裀。

誰道山翁拙於用，也能康濟自家身。　　〈林下五吟之二〉，卷八

初晴僧閣一憑欄，風物淒涼八月間。

欲盡上層嘗腳力，更於高處看人寰。

秋深天氣隨宜好，老後心懷只愛閒。

爲報遠山休斂黛，這般情意久闌珊。　　　〈秋霽登石閣〉，卷九

伊嵩有客欲無言，進退由來盡俟天。

好靜未能忘水石，樂閒非爲學神仙。

休嗟紫陌難爲客，且喜清風不用錢。

枉尺直尋何必較，此心都大不求全。　　　　〈右客吟〉，卷四

格陽城裏任西東，二十年來放盡慵。

故舊人多時款曲，京都國大體雍容。

池平有類江湖上，林靜或如山谷中。

不必奇功蓋天下，閒居之樂自無窮。　　　〈天津閒步〉，卷七

晚步上陽堤，手攜筇竹枝。靜隨芳草去，閒逐野雲歸。

月出松梢處，風來蘋末時。林間此光景，能有幾人知？

　　　　　　　　　　　　　　　　〈晚步吟〉，卷十二

堯夫非是愛吟詩，詩是堯夫得意時。

這意著何言語道，此情惟用喜歡追。

仙家氣象閒中見，眞宰功夫靜處知。

不必深山更深處，堯夫非是愛吟詩。

〈首尾吟之一二八〉，卷二十

晴窗日初曛，幽庭雨乍洗。紅蘭靜自披，綠竹閒相倚。

榮利若浮雲，情懷淡如水。見非天外人，意從天外起。

〈秋懷三十六首之二〉，卷三

　　閒居之間，詩人在修養上下功夫，在性情上尋樂，過著閒雲野鶴般的生活。但是另有閒中有襟抱的詩篇，譬如邵雍〈秋懷三十六首〉，它如同郭璞〈游仙詩十四首〉，係託慕仙客，自抒襟抱，又如杜甫〈秋興八首〉借秋聲秋色，細述暮年多病，關心國運的一腔忠憤，此處秋懷乃詩人藉秋情自抒無力正乾坤的託喻，有意無意之間仍然流露出壯懷難伸的喟嘆。〈秋懷三十六首〉作於邵雍五十一歲，本詩為詩組中的第二首，前四句寫秋景，後四句抒情兼說理言志。首聯詞采清新明朗，把雨後幽庭的潔淨和晴窗的柔亮點綴出恬淡的秋意。頷聯用色新鮮，紅蘭翠竹勾勒出閒靜中見自然氣息。腹聯「榮利若浮雲，情懷淡如水」是自抒名利淡薄的襟懷，刻畫出詩人平凡中不凡的寫真。尾聯「見非天外人，意從天外起」感覺好像在說些塵世之外的道理，其實仍是由上一聯的聯想而引伸，詩人自謙形象不是「天外之人」，但是秋懷和詩興卻是從天外而生的，有恬然閒靜的意境。本詩顯現邵雍在自謙自抑之中猶有自負的志氣。本詩的首句不押韻，其韻腳押「洗」、「倚」、「水」、「起」等，諸韻在古韻上相通，雖然上聲韻的聲調響度稍啞欠亮，卻能流露出秋情迤邐。全詩靜中帶靜，動靜悠閒之間，顯出蘭竹、浮雲、淡水等亦情亦景的恬美意象，似乎也塑造出詩人飄逸清癯的形貌。

水流任急境常靜，花落雖頻意自閒。

不似世人忙裏老，生平未始得開顏。〈天津感事之十五〉，卷四

冬至子之半，天心無改移。一陽初起處，萬物未生時。

玄酒味方淡，太音聲正希。此言如不信，更請問庖犧。

〈冬至吟〉，卷十八

－284－

草軟沙平風細溜，雲輕日淡柳低接。

狂言不記道何事，劇飲未嘗如此盃。

景好只知閒信步，朋歡那覺太開懷。

必期快作賞心事，卻恐賞心難便來。

　　　　　　　　　〈同程郎中父子月陂上閒步吟〉，卷十二

　　〈冬至吟〉詩中。邵雍把恬淡的詩風以淡淡的「玄酒」爲釋，這種超然虛融淡泊的人生哲學，與其詩論脫離自我，以物觀物而澄澈寧靜的觀照方式一致，它代表了邵雍追求向內心圓滿的審美觀念。〈天津感事之十五〉詩句裡「水流任急境常靜，花落雖頻意自閒」頗有文人畫的境界，詩中有畫，畫中有閒，字字平常而恬淡詩境高絕，乃意內言外，鍛鍊字句的卓越寫照。本詩首聯的遣字用詞在平淡之中有些甜意。首句詩人用軟、平、細溜的字眼修飾草、沙和風的溫潤感。次句詩人將輕、淡、低接的字眼裝飾雲、日、柳的慵弱舒散。首聯所組合的畫面上下天光草色的閒靜滋味。再看「細溜」、「低接」的字眼並非常見，其鍛鍊的工夫和功力都是十分驚人的。頷聯一反上聯的溫潤而以激昂的語氣，暢述平生大志所以說是「狂言」；又高亢率性的吞飲，謂之「劇飲」。起伏落差懸殊的上下聯，足見詩人長於造境。腹聯上句「景好」回顧首聯，下句「朋歡」呼應頷聯。尾聯將熱烈的場景，返璞歸眞，回到恬淡的哲學思考。朋歡景好的賞心樂事，是可遇難求的，時空交會難得，故盛會不再。全詩的閒靜恬淡氣氛甜美無比。

吾亦愛吾廬，吾廬似野居。性隨天共淡，身與世俱疏。

遍地長芳草，滿床堆亂書。自從無事後，更不著工夫。

　　　　　　　　　　　　　　　〈吾廬吟〉，卷十八

　　本詩首聯「吾廬」的意象從魏晉至宋代跨越好幾個世紀，緊緊連接「吾廬」後，是「野居」的情意，此已顯露出「淡」的韻味。頷聯的造句方法類似王勃的「落霞與孤鶩齊飛，秋水共長天一色」。詩人把身世、天性連結訴說著一段疏淡的生平和志向。這一段生平相信是極坎坷的，其中隱約有無限無奈。腹聯寫心境和實境；上句「遍地長

芳草」即境即心，透出詩人恬然的積極的生命力，下句「滿床堆亂書」
係實境，將詩人野居的野味表露無遺，且見一生的用功歷程。尾聯的
「不著工夫」閑靜意味濃厚，不著痕跡地刻畫出草廬中老詩人的形象。

　　　人苦天津遠，來須持特來。閒餘知道泰，靜久覺神開。

　　　悟易觀棋局，談詩捻酒盃。世情千萬狀，都不與裝懷。

〈天宮幽居即事〉，卷四

　　天宮寺的住宅是邵雍初到洛陽時暫借的下塌處。首聯敘述居處離
洛陽繁華區天津街甚遠。頷聯寫閑靜之情。腹聯說觀棋體悟易道之
事，並述飲酒談詩的泰靜之情。尾聯似乎翻轉詩意，將世事一切都不
入懷，依舊能享受閑靜恬淡的生活。詩中流露出對天津閒靜恬淡生活
的滿足感，有異於常人的體悟。

第五節　天機幽默的境界

　　《宋史》記載程顥之言說：「堯夫放曠」，其意即指邵雍處世一派
天機，縱心自在。近人程兆熊在〈論邵康節的首尾吟及其詩學〉一文
云：「堯夫本人實於易甚精，而且談的是先天易，這使他的詩，更全
是天機，全是道。其詩之難學，亦正在此。而且學其詩者，如不善學，
便完全不成樣子，亦正因此。」「天機」無非指邵雍運用先天易學而
天然忘機的處世之道、做詩之道。王應麟《困學記聞》引用張文饒語
曰：「處心不可著，著則偏；作事不可盡，盡則窮。先天之學止是。
此二語，天之道也。」（卷十八〈評詩〉）如此先之學的一派天機正符
合邵雍的處世之道。後來陸游《劍南詩稿》卷二五〈夜讀詩稿有感走
筆作歌〉提到「……天機雲錦用在我，剪裁妙處非刀尺。……」這些
「天機」的概念，用來闡發詩人的創作需從實際生活體悟而來。不僅
源自江山山水之助，也許另從書史觀察所得，但多少還要根植於詩人
的天性眞淳，胸襟的透脫無礙和思維的自在靈活，禪宗所謂「心不孤
起，托境方生」，將後天的學養，混同先天的內在質素，才能融滲發
揮。邵雍立身溫潤，詩藝書藝都略帶滑稽，正是其詩歌「言爲心聲，

詩如其人」的展現。在邵雍的詩論裡提到「久欲罷吟詩，還驚意忽奇。坐中知體物，言外到天機。」（〈罷吟吟〉，卷十七）可知其作詩構思的階段是由觀、而驗、而悟，這種「言外到天機」意思就是把體悟的思維移轉為作詩之道。

　　《宋史》曰：「當時學者因雍超詣之識，務高雍所為，至謂雍有玩世之意。」玩世者並非玩世不恭，係說值得玩味，幽默之謂也，也正是玩心高明的表現。所以近人陳郁夫在《中國歷代思想家》書中介紹〈邵雍〉說：「這是一本理學家詩的代表作（案指《擊壤集》），其中有很多天趣昂然，頗堪玩味的作品」。正指出天趣玩味的詩風的確是邵雍詩的特色之一。我們不必諱言詩人處心不著跡，作事替人留餘地的心理或幽默滑稽之態，這正是詩人人格的昇華，也是一片玄妙諧趣詩境的揭露。

　　　　堯夫非是愛吟詩，詩是堯夫得意時。

　　　　物向物中觀要妙，人於人上看幾微。

　　　　物中要妙眼前見，人上幾微心裏知。

　　　　且是有金無處買，堯夫非是愛吟詩。

　　　　　　　　　　　　　　　　〈首尾吟之一二六〉，卷二十

　　　　堯夫非是愛吟詩，詩是堯夫處困時。

　　　　事體極時觀道妙，人情盡處看天機。

　　　　孝慈親和未必見，松柏歲寒然後知。

　　　　匪石未聞心可轉，堯夫非是愛吟詩。

　　　　　　　　　　　　　　　　〈首尾吟之一〇一〉，卷二十

　　　　堯夫非是愛吟詩，詩是堯夫擲筆時。

　　　　事體順時為物理，人情安處是天機。

　　　　堅如金石猶能動，靈若鬼神何可欺。

　　　　此外更無言語道，堯夫非是愛吟詩。

　　　　　　　　　　　　　　　　〈首尾吟之一〇四〉，卷二十

心足而家貧，體疏而情親。開襟知骨瘦，發語見天眞。

〈憶夢吟〉，卷十一

久欲罷吟詩，還驚意忽奇。坐中知物體，言外到天機。

得句不勝易，成篇豈忍遺。安知千萬載，後世無宣尼。

〈罷吟吟〉，卷十七

忽忽閒拈筆，時時樂性靈。何嘗無對景，未始便忘情。

句會飄然得，詩因偶爾成。天機難狀處，一點自分明。

〈閒吟〉，卷四

花前把酒花前醉，醉把花枝仍自歌。

花見白頭人莫笑，白頭人見好花多。　〈南園賞花之二〉，卷八

堯夫非是愛吟詩，詩是堯夫半老時。

肥遯雖無潤屋物，勞謙卻有克家兒。

筋骸幸且粗康健，談笑不妨閒滑稽。

六十二年無事客，堯夫非是愛吟詩。

〈首尾吟之三十一〉，卷二十

堯夫非是愛吟詩，詩是堯夫自笑時。

閒散何嘗遠人事，語言時復洩天機。

至微勳業有難立，儻大功名或易爲。

成變一歸思慮外，堯夫非是愛吟詩。

〈首尾吟之三十二〉，卷二十

　　今簡取本節諸詩中之〈首尾吟之三十二〉爲例。「天機」的辭意，就邵雍而言，有禪宗流變的自得之悟，有道家天然存在的天性根蒂，也有儒家道德修養的通達天際的修爲精神，甚至還有帶些神秘色彩未卜預知的直覺和叛逆的審美思想。所以「天機」的內涵，總有心理學上「最富有創造性和想像力」的因子（《藝術心理學新論》，頁390）。

　　〈首尾吟〉詩，頭尾重複，文意多餘，是故我們從首聯第二句開始說明。首聯第二句「詩是堯夫自笑時」，這是題旨，詩人對成敗的

定義有新體悟故喜而自笑。詩人引申「自笑」的原由，在於頷聯的「閒散」和「洩天機」。閒散固是詩人快樂的泉源，但是詩人隱於市而不是隱於山，不離開人間世的閒散才是最難得的快樂。有些隱士深居山林，生活不便且不說，寂寞的事實讓人忍受不住，何況詩人猶有鯤鵬等待時機而起的想法，故宜隱於市。「語言時復洩天機」，代表詩人驚世駭俗的處世之道，語言包括交游、作詩、寫《皇極經世》等，為了想要有奇用的機會，在詩人軼事常記載詩人預知前事的能耐和奇跡。腹聯上下兩句以矛盾式的寫法，隱約揭露了詩人康濟世人的企盼。尾聯的「成敗一歸思慮外」與首聯的「詩是堯夫自笑時」呼應，同時也與「語言時復洩天機」串接。成敗不較和一笑置之的態度，彰顯出詩人曠達的胸襟和修為，同時也有諧謔自嘲的趣味。洩天機並無助於奇世奇用，因為事有人謀雖臧而不可為，此乃世間本有不可為的定數存在，相信詩人深明象數之學，自知無可奈何也。明知不可為而為，於詩人而言，依然有強烈的儒士色彩。

> 洛下園池不閉門，洞天休用別尋春。
>
> 縱遊只卻輸閒客，遍入何嘗問主人。
>
> 更小亭欄花自好，儘荒臺榭景纏真。
>
> 虛名誤了無涯事，未必虛名摠到身。　　　〈洛下園池〉，卷七

邵雍居洛下，洛陽城裡任西東。本詩首聯、頷聯將主人不在，而閒客遍入遊園的浪漫點畫出尋春的意境。詩人眼中所見不同於世俗，景荒未必心荒，花好亭美未必心閒自在，故在腹聯、尾聯有洩露天機的用意。因為詩人看到世間的真景，勸世人知所進退是本詩的題旨。尾聯的上句「虛名誤了無涯事」值得玩味再三，懇勸世人的用心甚明。下句「未必虛名摠到身」，以跳躍式的思考，採用反問法。因為很多世人連所謂的虛名都沾不上邊，而儘往虛名中奔波，豈不可笑。另有一層意思，詩人仍然是希望有施展抱負的機會，期待虛名之外的實用。宋代文字禍端往往出自虛名，因謗訕朝廷遭貶竄的詩人，時有所聞，此處邵雍以諧謔態度作詩，除了玩世高明的用心外，疑有遠禍含

蓄的意圖。

> 先機能識是吾儕，慎勿輕爲世俗咍。
>
> 把似眾中呈醜拙，爭如靜裏且談諧。
>
> 奇花萬狀皆輸眼，明月一輪長入懷。
>
> 似此光陰豈虛過，也知快活作人來。　　〈先幾吟〉，卷七

　　識先幾的功夫，是要具備洞澈迷情、虛妄的卓識。所以〈先幾吟〉的首聯已經點明避免踏入世俗的陷阱。領聯「把似眾中呈醜拙」、「爭如靜裡且談諧」做了對比。把不能見微知著的醜態活靈活現的置諸眼前，與靜裡談諧的畫面成爲尖銳對照。腹聯以奇花經眼、明月入懷具象的說明洞察世事，跳出世俗之累的愉悅。尾聯很幽默地敘述目前的快活姿態，略有玩世不經嘲諷當代士人的意味，並且爲自己人生的困境解套。本詩尚有一個特點，詩人刻意以俗爲雅，善用俗語，以熟語、俚語安排詩句中，放棄詩句常見的古人陳言的造句法，而改採意新詞新的語法，一反常態，詩有遊戲三昧的幽默，的確達到很好的機智和諧趣效果。

> 舊雪未及消，新雪又擁戶。階前凍銀床，簷頭冰鍾乳。
>
> 清日無光輝，烈風正號怒。人口各有舌，言語不能吐。
>
> 　　　　　　　　　　　　　　　　　　　　　〈大寒吟〉，卷八

　　本詩把冰雪世界寫得玲瓏空明。尾聯「人口各有舌，言語不能吐」，從外景寫到人身，除了很自然地描繪寒天之情景外，仍有暗喻小人得志，危害世局的諷刺味道，但因言語幽默，使得原本嚴肅的題旨，顯得格外有滋味。本詩的特殊筆法，表現出邵詩幽默的詩境。

第六節　自然理趣的境界

　　自然原爲繪畫美學的審美觀念，透過詩人直觀哲學的傳達，將活躍的生命，呈現在詩歌中。自然與人生是交織交融的，所以這種一切任運自然的生活態度和詩境，不是平面的自然現象而是深層的人格理想的建構。如果換一種方式說，凡是象外之象，景外之景或

味外之味，這種深層整體的美感意境就是詩人邵雍所欲表現的文與道融合的自然理趣境界。在邵詩中對萬物的體驗，有逐漸從自然的意象而轉化成人文意象的傾向，將自然風景從外在欣賞的角色轉變成自然如畫的人文審美概念，自然景物有時不僅是人格的象徵，同時也是萬物的化身，像邵詩的〈高竹〉八首，它就是予以人格化了，這種人文旨趣的心理，後來影響到宋朝詩壇的物化、理化的現象。同樣地，以活潑生命力所表現的理趣，也是隱士發人深省的文學趣味和心理現象。這兩種對於自然萬物的觀照，詩人直覺體悟，若能不由理路，而由理趣，並從自然現象超越表象，以「花開」、以「洗心」、以「默識」、以「天心」等具象比喻「自然理趣」的詩境，是真正體現自然高妙而忘情地觀照世界的境界。

今人陳郁夫〈論邵康節的詩〉云：「康節的另一部份說理詩，則透露晶瑩的智慧，有豐富的理趣，使人如飲瓊漿，得到很大的啟示。」〔註10〕所言極確。詩歌走向理趣，原本就有覺世喚醒之妙用，用平易的言詞，造成不平易的警世效果，是最好的理趣詩。理趣與禪趣極類似，但是禪趣多半無理而妙，而理趣則大多以合理為妙，具有化深刻哲理轉成具體生動形象的高妙手法。後文所舉的詩例，時有融合文道的、自然意境的體悟，時有哲思的理趣，多咀嚼自然可知。以下諸詩，可從中體會出自然現象所呈現的理趣哲思。

> 天意無他只自然，自然之外更無天。
>
> 不欺誰怕居暗室，絕利須求在一源。
>
> 未喫力時猶有說，到收功處更何言。
>
> 聖人能事人難繼，無價明珠正在淵。　　　　〈天意吟〉，卷十
>
> 有客常輕平地春，失春不得不云云。
>
> 能安陋巷無如我，既上高樓還憶君。
>
> 滿眼雲林都是綠，萬家輝舞半來新。

〔註10〕陳郁夫，〈論邵康節的詩〉，《中華文化復興月刊》，第十二卷 11 期，民國國 68 年 11 月出版，台北。

憑欄須是心無事，誰是憑欄無事人。　　　〈樓上寄友人〉，卷十

所失彌多所得微，中間贏得一歔欷。

人榮人悴乃常理，花謝花開何足追。

偶爾相逢卻相別，乍然同喜又同悲。

只消照破都無事，何必區區更辨爲。　　　〈所失吟〉，卷十

近日頭風不奈何，未妨談笑與高歌。

人才相去不甚遠，事體所爭能許多。

閉目面前都是暗，開懷天外更無它。

若由智數經營得，大有英雄善揣摩。　　　〈頭風吟〉，卷十一

聖人難處口能宣，何止千年與萬年。

心靜始能知白日，眼明方會看青天。

鬼神情狀將詩寫，造化功夫用酒傳。

傳寫不干詩酒事，若無詩酒又難言。　　　〈詩酒吟〉，卷十六

緣飾了時稱好手，作爲成處是眞家。

須防冷眼人觀覷，傀儡都無帳幕遮。　　　〈緣飾吟〉，卷五

仁者難逢思有常，平居愼勿恃無傷。

爭先徑路機關惡，近後語言滋味長。

爽口物多須作疾，快心事過必爲殃。

與其病後能求藥，不若病前能自防。　　　〈仁者吟〉，卷六

堯夫非是愛吟詩，詩是堯夫可愛時。

已著意時仍著意，未加辭處與加辭。

物皆有理我何者？天且不言人代之。

代了天工無限說，堯夫非是愛吟詩。　〈首尾吟之七八〉，卷二十

堯夫非是愛吟詩，詩是堯夫默識時。

日月既來還卻往，園林纔盛又成衰。

登山高下雖然見，臨水淺深那不知。

世上高深事無限，堯夫非是愛吟詩。

〈首尾吟之一一二〉，卷二十

一雨一番新，非關鼓鑄頻。縱多難贈客，便失不猜人。

遍地未爲富，滿階那濟貧。買愁須有爲，酤酒斷無因。

散處如籌計，重時似索陳。不能瞞己急，何暇更瞞親。

〈苔錢〉，卷九

邵雍坐忘名利，故泯除我執觀照自然，經體悟自然之理後，所作的理趣詩甚多。譬如〈苔錢〉詩，雖屬詠物之作，但以設想新穎爲趣味。錢多常被人猜嫌，多錢卻可以濟貧，詩的前三聯從正面寫起，而後三聯則以深思爲尚。「買愁須有爲，酤酒斷無因」的詩句對於酤酒買愁深不以爲然，已跳脫名利的思考方向。又「散處如籌計，重時似索陳」對於苔錢因風飛舞四處散落之不幸無奈有深刻的詮釋，尾聯「不能瞞己急，何暇更瞞親」，由詠物而引申對處世的看法，頗有理趣。

形狀類于魚，其心好蠹書。居常遊篋笥，未始在江湖。

爲害千般有，言烹一物無。年年當盛夏，曬了卻如初。

〈蠹書魚〉，卷十四

今再舉〈蠹書魚〉詩爲例；蠹書魚即「銀魚」，俗稱「書蟲」，被所有文人既愛又恨的昆蟲。文人似書蟲，嗜書如命，故愛之。書蟲蛀書噬卷，毀文人之所好，故恨之。如此愛恨矛盾的情懷，若得詩人常以蠹書魚爲題爲詩，不獨邵雍寫之。本詩的理趣所在有二句；一句係「居常遊篋笥，未始在江湖」，暗喻詩人自身不能得意於江湖之嘆。又一句是「年年當盛夏，曬了卻如初」，句意襲同白居易詩：「斬草不除根，春風吹又生」。白詩把「草」的韌性表露無遺，而邵雍詩以蠹書魚自況，有意凸顯「貧如書魚不得亨，愛書尤甚書蠹魚」的命意。

良如金玉，重如丘山。儀如鸞鳳，氣如芝蘭。

〈善人吟〉，卷十八

「善人」一詞抽象已極，邵雍詩特別拿「金玉」來修飾善人之良好、珍貴，用「丘山」比喻善人之厚實、價值，以「鸞鳳」、「芝蘭」

—293—

象徵善人之氣質、行誼，因能以具象、形象表達抽象肯定是好詩，而且邵詩的遣詞，「理味」濃郁。

> 造化從來不負人，萬般紅紫見天眞。
>
> 滿城車馬空撩亂，未必逢春便得春。
>
> 〈和張子望洛城觀花〉，卷六

今再以〈和張子望洛城觀花〉詩爲例。首句是從人的角度看自然界的一切，所以說「造化從來不負人」。次句卻從萬花的角度看人，因此說「萬般紅紫見天眞」。萬花的生命意境在天眞，人亦可在天眞之列。前半首詩呈現出詩人的自然觀。第三句詩，由自然界的表象轉向哲學的思考。「滿城車馬空撩亂」是一種假象的心境，如同陶詩「結廬在人境，而無車馬喧。」係「即心即境」的外象。結句「未必逢春便得春」，以「得春」襯托出人生的春天的可愛、完美，但是光是「逢春」是不夠的，因爲「滿城車馬」並非眞來尋春，春天離人未遠，春即在心中，詩心即境。自然界的天眞在「有我之境」的心中，不假外求。由於後半首詩與半首詩之間的跳躍式思考方式，讓本詩成爲自然理趣融合的康節體詩歌。邵雍率二程子去天街看花，並說：「物物皆有至理，吾儕看花，異於常人，自可以觀造化之妙。」（邵伯溫《易學辨惑》）這種以物觀物的態度和無可無不可寬廣視界的主張是邵詩自然理趣境界的根源。

> 不知何鐵打成針，一打成針只刺心。
>
> 料得人心不過寸，刺時須刺十分深。　　〈傷心行〉，卷六

再舉〈傷心行〉詩爲例。全詩的詞彙完全口語化。詩人把所有的情感擱置一傍，好像全然摒棄《詩經》言志緣情的詩教方式。本詩的趣在於理性化的思考，以一種很平常很自然的態度寫出不平常非自然的悲痛。首句「不知何鐵打成針」？不像是屈原的〈天問〉，〈天問篇〉是在混亂複雜的心情下胡亂的呼天喊地，而邵雍此句好似在痛定思痛後的自省反問。詩句的內涵暗藏哲思，次句是一半回應上句，一半再度自問，爲什麼「一打成針只刺心」？在表面的回應中實隱藏無限的

錐心蝕骨之痛。第三句，轉向驚疑的猜測。末句表達一種了悟後的心境。第三句、第四句的思路是從第二句的末二字「刺心」而來。「心」字衍成第三句「料得人心不過寸」；「刺」字重出，而敷陳爲第四句「刺時須刺十分深」。邵雍論詩有所謂「無可」的主張，就是寫詩不要只訴自己一生一時的休戚，應該化個人的傷悲爲天下兄弟之情的傷悲。走寬廣的路徑，脫離無不可的隘心，將失去兄弟的痛楚變成對人生的了悟哲學，這是本詩所呈現自然理趣境界而值得欣賞的地方。

　　誰言爲利多於害？我謂長渾未始清；

　　西至崑崙東至海，其間多少不平聲。　　　　〈題黃河〉，卷二

　　以〈題黃河〉詩爲例，在用字遣詞方面，不僅口語化、樸實無華，而「利多於害」、「長渾未清」是有世界觀的一種視覺角度。而第四句「其間多少不平聲」，對於世事的不平，表達強烈的關心。全詩文從字順之中，顯示出自然理趣的境界。

　　人多求洗身，殊不求洗心。洗身去塵垢，洗心去邪淫。

　　塵垢用水洗，邪淫非能淋。必欲去心垢，須彈無絃琴。

　　　　　　　　　　　　　　　　　　　　　　〈洗心吟〉，卷十八

　　再舉〈洗心吟〉詩爲例。從邵雍高層次的理趣詩裡，往往把理學思想的精緻深刻哲理，很自然的融會貫通提升到生動形象的層面，不僅意象活潑，而且哲意一唱三歎，咀嚼有味。〈洗心吟〉詩的佳處在尾聯，以反常的結論，「必欲去心垢，須彈無絃琴」表達奇思和合乎儒釋道融合圓覺的哲學。本詩首聯比較平常，詮釋洗身和洗心，一形於外，一潛於內，內外方向不同，但「掃除污垢」是相通的共識。頷聯，「洗身去塵垢，洗心去邪淫」順上句而回應。「去邪淫」便帶領讀者進入心學的世界，世上所謂萬惡之源一在邪一在淫。腹聯的次句「邪淫不能淋」是轉入尾聯的關鍵。心學是理學家致力處，非是表面上克己復禮、謹言愼行就算達成。其內涵在於存天理去人欲，而且「過猶不及」，與宇宙同心同理，方不失偏頗，所以領略「須彈無絃琴」的自由自在的心態，將人我、塵垢心垢俱忘，才是陶淵明和邵雍灑脫境

界的所在。寓道理的趣味在平常自然的詩句中，不腐不澀，人理障爲理趣是自然理趣詩的最高境地。

理學詩或稱道學詩，原本就容易陷入理障窠臼，今天邵雍把生活、生命和對心學的體悟化爲詩歌，化爲警世之詩，有其一定的意義存在，讓後世詩人不會因一時否泰、一時之休感，而隨意改變特立獨行的主張，此邵雍所以詩以垂訓的目的。邵雍的詩對後世儒道兩家的口語詩、理學詩，甚至於對今日的白話詩都有相當程度的影響。他不拘詩法的深刻內容，將其眞誠生命的風格和人格，如春風拂面般的彰顯出來，此乃理學之詩的最高境界。凡此理學的趣味形成新批評文學的滲透，有助於重新界定理學家理學詩的價值。

第八章　結　論

第一節　開創理學詩的新紀元

　　以義理入詩是邵雍詩《擊壤集》的特色，詩人以觀物所得部分寫入《皇極經世書》，另外大部分則落入詩篇，所以說理乃邵詩的主要內容。

　　詩自三百篇以後，皆以言情為主流，魏晉之間則多詠田園山水，以言景為主流，及至唐代王維、杜甫、韓愈以下時露理音，俟宋朝興起，理學運動雲湧風行，既以砥礪士大夫，又以影響文學藝術。邵雍生於北宋初年，北宋五子於理學之成就各有春秋，難分軒輊，惟獨理學詩的開創，厥功至偉，則以邵雍為當仁不讓，最具孤光先明。南宋朱熹集理學之大成，亦善於寫詩，然就以投入的精神和質量而言，仍是以邵雍最為專注，也走在前頭。回顧理學詩的一路走來，邵雍開其先峰已是不爭的事實。

　　宋詩窮力爭新，貴在秀出意態清新的生活，北宋初年詩家匪少，能以全部生活擁抱詩的領域者，只有邵雍，也就是邵雍的詩全部都是生活詩。他的閒語、淡語、俚語、樂語、諧語甚至道論。都是與當代文風，洛陽民風相應相和的，抽離邵雍的生活面，邵詩就變成毫無意義的一堆爛詞。後世一直抨擊邵雍以後的道學詩夠爛，但是爛詩一直延續下來，

明、清乃至民國仍有作者，這表示什麼？表示道學詩原有一定支持者，由於作者都沒有邵雍生活的背景、心態和情境，是很難學習的，理學詩由邵雍樹立大纛，而為泰斗，當代也許看不清楚，今日視昔則非常清楚。

我們整體的分析邵詩，其詩情理趣俱妙者非常多，有道學詩派大家風範，但這不是最重要的事。重要的，他開創理學詩的歷程如何？也就是他的詩歌理論在那裡？這才是真正能確立理學詩開創的重點。今分析如下：

一、詩載道而不廢言志

詩人不贊成寫詩成為溺於情好，關心個人休感的言志工具，這與當代詩人林逋、寇準、歐陽修、梅堯臣、蘇東坡的主張相反。詩人自序說：「一身之休感，則不過貧富貴賤而已，一時之否泰，則在夫興廢治亂者焉。……蓋垂訓之導，善惡明著者存焉耳。」這裡主張誠有垂訓後世指導善惡明著的功能。詩人自序又說：「近世詩人……身之休感，發於喜怒；時之否泰，出於愛惡，殊不以天下大義而為言者，故其詩大率溺於情好也。」邵雍對於近世詩人，不以天下大義為言的觀點，說出極重的批評。這一點是理學詩載道又言志的呈現。

二、惟心能觀物，觀物之樂，在乎萬物映照自身

心性學說，從周敦頤、邵雍影響到陸九淵。詩人以為心性溺於情而受傷，道亦從之傷。所以自序說：「不若以道觀道，以性觀性，以心觀心，以身觀身，以物觀物，則雖欲相傷，其可得乎？若然，則以家觀家，以國觀國，以天下觀天下，亦從而可知之矣。……是故哀而未嘗傷，樂而未嘗淫。雖曰吟詠情性，曾何累於性情哉？」這段文字就是詩人主張觀的映照要像鑑的應形、鐘的應聲，沒有雜質的直接反映，沒有喜怒愛惡之情存在，即忠實的反映詩歌的原貌。

三、詩乃觀察萬物自得之趣

詩人自序：「《擊壤集》，伊川翁自而之詩也。非唯自樂，又能樂

時與萬物之自得也。」詩人作詩態度如此，其詩論亦如此。

四、鍛鍊辭意，生新奇句

詩人不反對鍊辭與鍊意，認為新句和雅言是詩歌的必備條件。〈論詩吟〉曰：「何故謂詩？詩者言其志。既用言成章，遂道心中事。不止鍊其辭，抑亦鍊其意。鍊辭得奇句，鍊意得餘味。」（卷十一），〈談詩吟〉又說：「詩者人之志，非詩志莫傳。人和心盡見，天與意相連。論物生新句，評文起雅言。興來如宿構，未始用雕鐫。」（卷十八）這是詩人廣義的鍛鍊辭意的新主張，反對過於雕琢，但支持詩句應適當的鍛鍊。

五、以詩為史，張揚詩教

詩人深明傳統歷史演進的法則和興亡的軌跡。在《擊壤集》中第十五卷、第十三卷、第十八卷幾乎是詠史詩的專卷，第十六卷、第十七卷、第十九卷幾乎是詩以載道篇的專卷，其篇章論及明史重道的精神仍所在多有。詩人贊聖贊賢，對於孔孟道統、莊子、惠施、陳摶、范仲淹古今諸賢無不支持，不佞禪伯、不以道家自居，自認為是純一不雜的儒家，表面上放懷玩世味濃厚，實際上，則守儒戒而自律甚嚴。詩人〈教勸吟〉詩曰：「若聖與仁吾豈敢，空言猶足慰虛生。明開教勸用常道，永使子孫持善名。此日貽謀情未顯，他時受賜事非輕。庶幾此意流天下，天下何由不太平。」詩意中重道明史是極顯然的。第十八卷的〈詩畫吟〉、〈詩史吟〉、〈演繹吟〉、〈史畫吟〉諸篇均為張揚詩教之作，詩人說：「史筆善記事，畫筆善狀物……詩史善記意，詩畫善狀情……」〈史畫吟〉將詩與史同等齊觀，詩即史也，是以詩人以為「萬事入沉吟，其來味更深」〈演繹吟〉。自孔子刪詩，以詩為教，班固詠史之作質木無文，魏晉阮籍，本有濟世之志，生處亂世，詠懷詩篇，寄託深遠。邵雍雖生於太平，死於太平，然志不能伸，動靜猶受疑謗，詠史之作，意在刺譏當局，而詩多隱避，故以道學出之。藉

道學以詠史，藉道學以張揚詩教。今舉邵雍〈觀詩吟〉來作明詩教，承道統的註腳。詩云：「愛君難得似當時，曲盡人情莫若詩。無雅豈明王教化，有風方識國興衰。知音未若吳公子，潤色曾經魯仲尼。三百五篇天下事，後人誰敢更譏非。（卷十五）。」

六、不拘詩題形式格律

詩人之詩率以情理出之，不拘詩之題材、形式和格律。以題材而言，名教、名利、名實、邪正、觀物、觀性、義利、極論、天命、恩怨、庶幾、洗心、治心、知非，固然是理學詩的特色，其他繩水、緣飾、人鬼、人靈、污亭、藥軒、放小魚就不是常見的題目，又有考証地名的「辨熊耳」、「石柱村詩」也能入詩，又有「君子與人交」、「生平與人交」、「唯天有二氣」、「趨嚮」如此枯燥難明的詩題，也可以作，蓋無詩題不可作，專此一事，就可謂超絕前賢。前云詠史詩、以詩代書、誡子、教子詩、自述詩、詩論之類也是蠻受後人關注的作品。以形式而論，今人陳郁夫〈論邵康節的詩〉云：「在形式上，《擊壤集》有三言，有四言，有五言，有六言，有七言；有古詩，有絕句，有律詩，有俳律。康節還創了一些詩的新形式，如〈首尾吟〉，……〈安樂窩中吟〉……〈年老逢春〉……有些詩則形式自由得太過分，簡直不像詩了，如〈風霜吟〉。」陳氏所云大致不差。北京大學版《全宋詩》尚有〈訓世孝弟詩十首〉亦類〈首尾吟〉體，但邵詩仍有其他創新形式，前文已述，此不贅言。陳氏又說：「《擊壤集》自序中康節自稱作詩「不限聲律」實則他詩的用韻也沒有規摹唐人，而以當時汴洛一地的方音為準。近人周祖謨〈宋代汴洛語音考〉一文說：「比者讀邵雍『皇極經世』聲音倡和圖；頗怪其分聲析韻與『廣韻』大相逕庭，及取其『擊壤集』讀之，觀其詩文協韻，無不與圖相合，方知此實為特出，原不以韻書自拘。」一般說來，康節「不限聲律」的作品當在題後帶個「吟」字，這些作品有時連韻腳也省去。這種大自由、大自在，便是康節胸次浩大的寫照。」陳氏、周氏所言是也。不過據本書研究，邵詩用韻大致仍同《廣韻》，盡可能合律，至於少數

押韻以汴洛地方音爲準，實同鄉音口語之故。總之，不拘任何束縛，是
邵詩的創意和特色。

七、天人合一的人生哲學

　　邵雍生活化的詩境就是天人合一的人生哲學。很多的詩人也許主
張以生活爲詩，也主張天人合一的詩境，但試看古今又有那一個詩人
澈澈底底的以全部的生活爲詩的題材呢？除了邵雍。再看詩家天人合
一的詩境有誰像邵雍這麼明白，這麼強調呢？沒有。邵雍〈天人吟〉
說：「天學修心，人學修身。身安心樂，乃見天人。天之與人，相去
不遠。不知者多，知之者鮮。身主於人，心主於天。心既不樂，身何
由安？」這是心學的觀點，也是理學的基礎，也許有詩評家會說天人
合一的主張沒有用，天人合一的境界要在詩學中展示，理學家是理
障，焉能有如此境界？這就是邵詩最難讀的地方，有滿懷都是春天的
情境，身內身外融合爲一的心境，怎麼不是融合生活、生命爲主軸的
天人合一的人生哲學呢？

第二節　邵雍詩對後世的影響

一、對宋朝當代詩壇的影響

　　邵雍侶友司馬光、富弼、程顥、呂公著、張載、王勝之及後學朱
熹等在詩學和思想上多少受到相互激盪的影響。清代宋長白《柳亭詩
話‧安樂窩》條，引曰：「邵子〈安樂窩自貽詩〉有曰：『不作風波於
世上，自無冰炭到胸中』又曰：『敢於世上明開眼，肯向人前浪皺眉？』
程子謂：『堯夫內聖外王之學，……』韓子：『奔車之上無仲尼，覆舟
之下無伯夷』使無康節之學，而與世推，其去鄉愿也幾何？」此處已
點出邵雍對當時之影響。另外，《柳亭詩話‧甕子》條，引曰：「邵康
節詩：『大甕子中消白日，小車兒上看青天。』謂酒甕也。韻書無此
字，紫陽作康節先生贊：『閒中今古，醉裡乾坤。』游誠之詩：『閒處

漫憂當世事，靜中方識古人心。』殊有邵子風味。誠之，張南軒（張
栻，宋理學家）弟子也。」此處則見邵詩之影響更及於宋朝朱熹、張
栻的弟子游誠之等當代學。再者翻閱宋代金履祥《仁山集》，知金氏
曾用邵雍《皇極經世》歷法，編成《通鑑前編》十八卷，甚至膺邵子
學說，其行事亦類之。

二、對明朝薛瑄詩的影響

　　《詩譚》卷六錄薛文清〈詠懷詩〉，知其詩思想頗學自邵詩。薛
瑄，字德溫，號敬軒，永樂進士。其學一本程朱篤行實踐之學，以復
性爲主，有薛文清集。今擇《詩譚》之薛瑄〈詠懷詩〉二首如後。

　　　△霜竹風寒夜向深，燈前讀易見天心。

　　　　京華又見逢長至，坐憶堯夫子夜吟。

　　　△早知大道心無外，始知身閒樂有餘。

　　　　一卷陶詩千載興，悔將名利役慵疏。（卷六）

　　兩詩口氣，遣辭大類《擊壤集》，明白學自邵堯夫。

三、對明朝陳白沙詩的影響

　　《升庵詩話》卷七引：「白沙之詩……徒見其七言近體，效簡齋、
康節之渣滓，至於筋斗樣子打乖個裏，如禪家呵佛罵祖之語，殆是傳
燈錄、偈子，非詩也。若其古詩之美，何可掩哉。然謬解者篇篇皆附
於心學性理，則是痴人說夢矣。」此處不只見邵雍詩對陳白沙詩的影
響，甚至頗見邵詩也影響陳簡齋的詩。

四、對明朝莊定山詩的影響

　　《清詩話訪佚初編》引清代馬星翼《東泉詩話》卷七云：「《莊定
山集・和東坡雪詩韻四首》……四時佳興皆堪出，白帽光風映小車。
萬古乾坤留卦畫，一年消息到梅花。門牆峻地伊川學，雪月高天邵子
家。開眼天幾無不是，有人詩句只魚又。」將邵子形象詩句渾融一體，
可以想見其受邵雍之影響。《升庵詩話》卷九云：「莊定山早有詩名。

詩集刻於生前，淺學者相與效其『太極圈兒大，先生帽子高。』以為奇絕。又有絕可笑者，如『贈我一壺陶靖節，還他兩首邵堯夫。』本不是佳語，有滑稽者，改作外官答京宦苞苴詩云：『贈我兩包陳福建，還他一足好南京』聞者捧腹。……」可見邵詩不只影響莊詩，其所及尚能影響有明一代的詩壇。

五、對清人徐嵩詩的影響

　　《清詩話訪佚初編》引清代梁九圖《十二石山齋詩話》卷三云：「邵康節『美酒飲教微醉後，好花看到半開時』，徐朗齋『有酒休辭連夜飲，好花須及少年看』，同一飲酒看花而用意各有其妙。」徐朗齋，名嵩，金匱人。為健庵尚書之後，《玉山閣集》中尤多雋句。……」此處看到邵詩的影響已至清代。

六、對後世心學的影響

　　邵雍〈自餘吟〉說：「身生天地後，心在天地前。天地自我出，其餘何足言。」他把即心即理的心學思想奠定基礎，認為「萬化萬事皆生於心」，這種唯心主義，影響其後朱陸之學的分野。宋代晁說之云：「先生（邵雍）傳先天之學，雖楊雄、張衡、關子明所不及」此說邵氏易學之功。聖門以顏子得心齋，孟子言盡心、求放心，大學之道言正心，則心學之旨，一脈傳至邵雍。邵雍〈觀易吟〉詩說：「天向一中分造化，人從心上起經綸。」（卷十五）此聖門心學功夫藉詩學而傳，後來朱熹言「人不失其本心」，再至明代王守仁、陸九淵、陳獻章等心學，都看得到邵雍心學的影子。《清詩話續編·筱園詩話》卷四云：「自宋以來，如邵堯夫、二程子、陳白沙、莊定山諸公，則以講學為詩，直是押韻語錄。」所評雖未確，然而邵堯夫的影響深遠可知矣。

七、對後代詩學的影響

　　邵雍〈首尾吟〉的形式對後代詩學有一定的影響，後世模仿者眾，

茲舉數例為証。明朝楊良弼《作詩體要・首尾體》引陳舜道〈春日田園雜興〉詩：

> 春來非是愛吟詩，詩是田園樂興時。
> 清入吟懷花月照，紅生笑面柳風吹。
> 村聲盈耳鳥鹽角，社酒柔情玉練搥。
> 閒悶閒愁儂不省，春來非是愛吟詩。

明朝梁橋《冰川詩式》春卷 41 頁引元朝陳希邵〈春日田園雜興〉詩：

> 春來非是愛吟詩，詩是田園漫興時。
> 無事花邊繙兔冊，有時桑下課牛醫。
> 乍隨父老看秧去，還共兒童鬥草嬉。
> 偶物興懷渾不奈，春來非是愛吟詩。

前首除形式外，連詞句也是模仿自邵雍〈首尾吟之九〉的「梧桐月向懷中照，楊柳風來面上吹」。後首的意味略帶野趣，類似邵雍〈首尾吟之六五〉的「閒觀蔬圃時」。

八、破除詩家旁門之迷思

文必秦漢，詩必盛唐是迷思。歷代所說妙悟也好，性靈也好，僅不過嚐詩之一臠而已，詩的內容出自多代多門多體，那能一概而論誰主誰從。王夫之《清詩話》引〈師友詩傳續錄〉云：「昔人論詩曰：『不涉理路，不落言詮。』宋人惟程、邵、朱諸子為詩好說理，在詩家謂之旁門。……」此說先見為主，徒亂人耳目。邵雍詩採取超脫態度、變化詩法來對待萬事萬物，對後世理學家的詩論有決定性的影響。

九、理學詩的代表人物

近人葉慶炳編《中國文學史》在〈第二十四講宋詩〉談宋詩之流變引袁桷列有理學詩一派；《四庫提要》亦列有擊壤一體。他又說：「擊壤者，邵雍《伊川擊壤集》之簡稱；邵雍為理學家之工詩者，故以其

詩集代表理學詩。然理學家主張文以載道，於詩亦然；不重作詩，不重論詩，而重在用詩。」所言眞切，邵雍其人足稱理學家，其詩集專爲理學詩的代表作品。

十、肇造修道修仙詩的領域

《清詩話訪佚初編》引清代林昌彝《射鷹樓詩話》卷四云：「邵康節先生詩云：『冬至子之半，天心無改移。一陽初動後，萬物未生時。元酒味方淡，太音聲正希。君今如不信，請更問庖犧。』此修仙詩之得其三昧者。……」案時間、空間和物的配合，關係著修煉者的成就與否。我們不知邵雍是否修煉道功，但是靜坐養心其實也是儒家道家共同修養的一端，惟邵雍詩時有道家風神，於是成爲修道修仙詩之鼻祖。

邵雍的詩相當於汪大紳所謂「道人之詩」，或四庫提要所評的「道學之詩」，〔註1〕總之是理學詩的開創者。汪大紳說：「若夫道人之詩，一自眞性中流出；通天地萬物之靈，而無所作爲也。湧泉源萬斛之富，而不立一字也；苟得其意，雖漁歌樵唱，鳥語蟲吟，乃至山河大地，牆壁瓦礫，有情無情，若語若默，一一皆宣妙諦，塵塵皆轉法輪。」汪氏把邵雍詩歌藝術和道德修養的融合過程詮釋透脫，所識深遠。

邵雍弟子邢恕〈後序〉曾說：「其（邵雍）詩如璞玉，如良金，溫粹精明而不見其廉隅鋒穎，渾渾浩浩，簡易較直，薰然太和，不名一體，足以想見乎堯舜之時。」〈後序〉作於元祐六年（西元 1091 年），只距康節去世十四年。在當代即能抓住邵雍著詩垂世的用意。而邵雍侶友富弼在全書最後〈觀罷走筆書後卷〉寫出對邵雍詩的總評說：「黎民於變是堯時，便字堯夫德可知。更覺新詩名擊壤，先生全道略無遺。」可知他的詩與人在當時早有論定。嚴羽《滄浪詩話》云：「唐人與本朝詩，未論工拙，直是氣象不同。」我們也要說：「邵雍道學詩與唐

〔註1〕《四庫提要》評金履祥編選的《濂洛風雅》乃以理學家詩人所作，爲「道學之詩」，有別於一般「詩人之詩」。

宋詩，未論工拙，直是氣象不同。」邵雍詩猶如獨奏之曲，在思想上前後貫通，卓然自成一家，毫無依傍（明朝安磐《頤山詩話》指出邵詩有「安閒宏闊」的氣象），是以邵詩可謂安且成矣。〔註2〕

　　邵雍生平最後一首詩〈病亟吟〉說：「生于太平世，長于太平世。老于太平世，死於太平世。客問年幾何？六十有七歲。俯仰天地間，浩然獨無愧。」自述高風亮節的氣度，不拘詩法的深刻內涵，用「俯仰天地間，浩然獨無愧」的形象，爲一生人格和風格特徵劃下完美句點。

〔註 2〕陳郁夫，〈論邵康節的詩〉，台北《中華文化復興月刊》第十二卷第
　　　11 期，68 年 11 月。

附錄一：邵雍親屬表及邵雍學案

（一）邵雍親屬表

曾祖邵令進	祖父邵德新	父邵古	邵雍（康節）	長子邵伯溫（子文）	長孫邵溥（澤民）
（范陽人家衡漳）	祖母張氏	母李氏	（中年遷洛陽）	次子邵仲良	次孫邵博（公濟）
		（遷共城）	妻王氏（弟子王允脩之妹）		
		母楊氏			
			弟子姜愚（子發）為媒——長女姜氏（邵雍一作主適河南進士紀輝，邵伯溫以姊事之）弟子張仲賓（穆之）具聘		
			異母弟　邵睦		

資料來源：邵堯夫先生墓誌銘（河南程氏文集卷四）

（二）邵雍學案

諸弟子

弟邵睦　　　孫 邵溥（澤民）、邵博（公濟）

長子邵伯溫（子文）

（師承，易學方面）
陳搏（圖南）种放　　　次子邵仲良

穆修（伯長）　任先生		王豫（天悅）	司馬植（子立）	邵學之餘
	李之才（挺之）	姜愚（子發）	張行成（文饒，觀物）	祝泌（子涇）
		張仲賓（穆之）	劉衡（兼道）	朱元昇（日華，水簷）
	邵雍	武陟	李寔（景眞）	
	妻王氏	侯紹曾（孝傑）	蔡發（牧堂）	

（家學在韻學方面）

		吳執中	王湜	
	父　邵古	王起（仲儒）	黃景（子蒙）	杜可大（蜀道士）
曾祖父邵令進　祖父邵德新　母　李氏　（學侶講友）		李育（仲象）	呂希哲（原明）	廖應淮（學海，杜氏門人）
祖母張氏　繼母楊氏		李籲（端伯）	呂希積（紀常）	
		姚奭（周輔）	呂希純（子進）	
	富弼（彥國）	楊賢寶	錢景諶（朝請）	
	司馬光（君實）	楊國寶（應之）	劉元瑜（君玉）	
	程向（伯溫）	張峋（子堅）	呂獻可（靜居）	

	張崏 （子望）	張師錫
張載 （子厚）	張師雄	張景伯 （元伯）
程顥 （明道）	周長孺（士 彥，子純明）	張景觀 （臨之）
程頤 （伊川）	周純明 （全伯）	張景憲
呂誨 （獻可）	田述古 （明之）	章惇 （子厚）
呂公著 （晦叔）	尹材 （處初）	上官孝傑
	張雲卿 （伯紀）	秦玠 （伯鎮）
韓維 （持國）	鄭史 （揚庭）	劉几 （伯壽）
韓絳 （子華）	晁說之（景 迂，私淑弟 子）	劉忱 （明復）
	陳瓘（瑩 中，了齋）	
	牛師德（祖 仁，子思純）	
	牛思純	

資料來源：宋元學案、伊川擊壤集、景迂生集、程顥邵堯
　　夫先生墓誌銘、邵康節先生外紀

附錄二：邵雍詩專用語助詞的特色

一、邵雍開宋人詩中專用語助詞的風氣

　　近人錢鍾書在《談藝錄》說：「宋人詩中有專用語助，自成路數，而當時無與於文流者，邵堯夫《擊壤集》是也。」〔註1〕錢氏這段話有二個方向可討論，一則談到邵堯夫詩中喜好用語助詞，一則說邵雍當時在文壇的地位不足觀。

　　關於後者不想深論，只略說一個觀念。邵雍嫻習後天易數，大部分淵源於道家，所以不受傳統儒家熟習先天易數的學者所敬重。雖然如此，司馬光、程顥、程頤等易學高手均好奇邵易而羨慕之。但是，邵氏惜於傳授，竟連他的嗣子邵伯溫都不能洞悉家學，所以時儒不能重視邵易，理所應當。至於邵雍的詩歌，倒是生前傳播很廣，甚至當代名相富弼、司馬光、呂公著等均有多首和韻的詩存於邵雍《擊壤集》中，這些邵雍生活化的詩歌，往往隨寫隨被人取去傳鈔，在當時薄有詩名，確屬世人熟知，不待深論。所以，且置此事，還是來專論邵雍詩中使用語助詞的現象。

　　所謂語助詞即在語句中或作語氣之詞，或作限制詞，或作關係

〔註1〕錢鍾書，《新編談藝錄》，香港印本，第十八則，77 頁，倒九行起，1983 年。

詞，或作疑問詞，或作介詞，或作連接詞，或純作詞頭、詞中、詞尾助詞等，凡此總稱助詞。自從清代劉淇撰寫「助字辨略」以後，王念孫、王引之、俞樾、楊樹達竹寺皆有後繼之作，特以許世瑛氏爲近代集大成者，著有「常用虛字用法淺釋」。由於語助詞不全等於語氣詞，除常見的「之、乎、者、也、哉、然」之外，許世瑛氏竟列舉出一五二種之多，〔註2〕而邵雍在詩中所用助詞也是變化多端，不遑多讓，甚至於有以虛字爲詩眼的情形，此正是邵詩特色之所在，我們以爲邵雍的確是新開宋詩專用語助詞的風氣，故後文將一一舉例剖析闡釋。

二、宋朝諸詩家仿效杜、韓、白、孟援文入詩的技法

唐朝杜甫、韓愈、白居易、孟郊皆是唐人開宋調的作手，〔註3〕嘗援文以入詩，而宋代詩家，欲卓然自立，擺脫唐風，固不得不仿效杜、韓、白、孟等以文爲詩，尤有甚者以語助詞入詩。這種作詩技法在《文心雕龍》卷七〈章句篇〉曾說明：「又詩人以兮字入於句限，楚辭用之，字出句外。尋兮字成句，乃語助餘聲。」〔註4〕這個語助餘聲是周秦漢魏以來皆有的造句造詞技巧。所以《文心雕龍‧章句篇》再加以詮釋：「將今數句之外，得一字之助矣。……」〔註5〕劉勰正是說明語助字能幫助句子脫離窒塞板滯的作用。

宋以前，語助詞之用固有之而未爲成體。宋初始有雜言詩一體，專以語助詞成之。宋人王安石、歐陽修等頗喜在五、七句中夾用語助詞，以文爲詩。但絕無專用語助詞的現象。宋人唯獨邵雍好於五、七字中任意遣字，肆意造辭，又每於近體詩的起結處，以語助足湊成句，

〔註2〕許世瑛，《常用虛字用法淺釋》，復興書局，台北，目錄部份，民國國53年再版。

〔註3〕錢鍾書，《新編談藝錄》，第一則，2頁，第十二行，1983年。

〔註4〕劉勰《文心雕龍‧注》，台北，台灣開明書店，卷七，章句第三十四，22頁，民國67年台十四版。

〔註5〕同上。

〔註6〕可謂手段老辣。

　　明徐師曾文體明辨提到雜言詩：「按古今詩，自四五六七雜言之外，復有七五言相間者，有三五七言各兩句者，有一三五七九言各兩句者，有一字至七字九字十字者，比之雜言又略不同，故別列之於此篇。」這種體裁宋詩家常襲用之，而邵雍個性較親近此類文體，故優為之，他所以雜用語助，除布局遣詞的考慮外，有時乃欲添增迤邐灑脫之氣。

三、擊壤集詩歌專用語助詞的闡析

　　擊壤集詩歌二十卷、集外詩一卷，共收錄詩歌一千五百一十九首。錢鍾書說邵雍詩用語助詞已至濫用地步，但是邵詩卻能獨成文理，不亦奇哉！然而究竟是否如錢氏所云：「理學家如邵康節、陳白沙、莊定山亦好於近體起結處，以語助足湊成句；然三子本詩道傍門，不煩苛論。」？〔註7〕抑是如他另一種說法：「北宋則邵堯夫寄意於詩，驅遣文字，任意搬弄，在五七字中翻筋斗作諸狡獪。……」？〔註8〕，今以擊壤集的詩歌為憑據詳細分析之。

（一）語助詞出現在詩句中的情形與作用

　　本段就擊壤集詩句中語助語出現於詩句中的第幾字作討論，若是出現在第一聯即註明首聯或起聯。如果出現在第一聯的第一句，即註明首句。同理，如出現在詩中的最後一聯，即註明結聯。而出現在最後一句，則註明結句。這是為了幫助瞭解首聯、首句、結聯、結句使用語助詞的情形。至於，語助詞在句中作何用途，是否就是語助詞，僅以案語簡要說明，凡粗識文法者多能理解，故不深論，案語乃稍欲

〔註6〕錢鍾書，《新編談藝錄》，香港印本，第五十七則，188頁，倒十行，
　　　又第五十四則，181頁，第八、九行，1983年。
〔註7〕錢鍾書，《新編談藝錄》，香港印本，第五四則，181頁，第八行至九
　　　行，1983年。
〔註8〕錢鍾書，《新編談藝錄》，香港印本，第五七則，188頁，倒十行，1983
　　　年。

提醒的用意。

1. 語助詞出現在句中第一字

「或」混同六合，「或」控制一方……「或」病由唇齒，「或」
疾亟膏肓。

案：或字作交替關係詞。

〈書皇極經世後〉，卷八

「直」恐心通雲外月，「又」疑身是洞中仙。

案：直字作限制詞，又字爲連接詞。

〈安樂窩中詩一編〉，卷九

「既」不能事人，「又」焉能事鬼（起聯）

案：即字作限制詞，又字是加合關係詞。

〈人鬼吟〉，卷十二

「其」雖曰不然（結句）

案：其字作語首助詞，純作詞頭虛字。

〈浮生吟〉，卷十二

「方」惜久離闊，「卻」喜由道義。

案：方字作限制詞，卻字爲轉折性的連詞（由限制詞轉成連
詞）。

〈謝傅欽之學士見訪〉，卷十二

「或」向利中窮力取，「或」于名上盡心求。

案：二個或字皆作不定指稱詞。

〈人生長有兩般愁〉，卷十三

「既」貪李杜精神好，「又」受歐王格韻奇。

案：既字是限制詞，又字是加合關係詞。

〈首尾吟之一二四〉，卷二十

「這」意著何言語道，「此」情惟用喜歡追。

案：這字、此字均作指稱詞。

〈首尾吟之一二八〉，卷二十

「若」比陳門成已僭，「苟」陪顏巷亦堪憂。

案：若字、苟字均作假設小句的關係詞。

〈新居成呈劉君玉殿院〉，卷一

「而」臨水一溝，「而」愛竹數竿。

案：而字作而且之意，如同白話文的「一方面……，一方面……」，作爲順接的連詞。

〈寄謝三城太守韓子華舍人〉，卷一

「豈」爲瓊無艷，「還」驚雪有香。

案：豈字作疑問語氣詞。還字作承上文的連接詞。

〈和張二少卿丈白菊〉，卷一

「既」垂經世慮，「尚」可全天和。

案：既字是限制詞，尙字是關係詞。

〈閑吟四首之一〉，卷一

「若」履暴榮須暴辱，「既」經多喜必多憂。

案：若字、既字均作限制詞。

〈題淮陰侯廟十首之十〉，卷二

「休」憚煙嵐雖遠處，「且」乘筋力未衰時。

案：休字爲限制詞。且字作姑且解釋，作限制詞。

〈遊山三首之三〉，卷二

「因」通物性興衰理，「遂」悟天心用舍權。

案：因字是關係詞。遂字由限制詞轉變成因果關係的關係詞。

〈賀人致政〉，卷三

「請」觀今日長安道（結聯）

案：請字是詞首助詞。

〈觀棋長吟〉，卷五

後人未識興亡意，「請」看江心舊戰場（結句）

案：請字乃語首助詞。

〈和夔峽張憲白帝城懷古〉，卷六

「欲」陳一句好言語，「只」恐相知未甚眞。

案：欲字爲假設小句的關係詞。只字作轉接的關係詞。

〈依韻答友人〉，卷七

「或」戴接籬，「或」著半臂，「或」坐林間，「或」行水際。

案：或字皆作交替關係詞。

〈安樂吟〉，卷十四

「若」負芒刺……「如」佩蘭蕙。

案：若字，如字作準繫詞。

〈安樂吟〉，卷十四

「須」識天人理，「方」知造化權。

案：須字是限制詞，方字是與上句有條件關係所造成的轉折關
係詞。

〈蒼蒼吟〉，卷十七

「也」有花，「也」有雪，「也」有風，「也」有月。

案：也字係表同類關係的限制詞，有連繫係用。

〈堯夫吟〉，卷十八

「又」溫柔，「又」峻烈，「又」風流，「又」激切（含結聯）

案：上句的又字均作加合關係的關係詞。

〈堯夫吟〉，卷十八

「伊」予獨喜吟（起聯）

案：伊字爲句首語氣詞。

〈答客問病〉，卷十九

「在」尋常時觀執守，「當」倉卒處看施爲。

案：在字介進時間補詞，當字介進處所補詞，二者都是關係詞。

〈首尾吟之三十五〉，卷二十

2. 語助詞出現在句中第二字

逖「矣」不能收。

案：矣字作語氣詞。

〈高竹八首之二〉，卷一

形「如」玉屑依還碎，體「似」楊花又更輕。

案：如字、似字作準繫詞。

〈和商守登樓看雪〉，卷二

人「亦」何嘗謂我貪。

案：亦字純粹是語氣詞。

〈二十日到城中見交舊〉，卷五

枯「猶」藏狡兔，腐「亦」化流螢。

案：猶字、亦字均作「還」、「尚且」之意，作限制詞用。

〈芳草長吟〉，卷六

花「似」錦時高閣望，草「如」茵處小車行。

案：似字，如字作準繫詞。

〈年老逢春之三〉，卷十

意「若」兼三事，情「如」擁萬兵。

案：同上。

〈半醉吟之二〉，卷十一

惜「哉」情何物（結聯）

案：哉字在這裡當作歎詞。惜哉是謂語，哉字爲它的語尾助詞。

〈讀古詩〉，卷十四

大「哉」贊易脩經意，料「得」生民以後無（結聯）

案：哉字同上。得字在動詞「料」之後作語尾助詞。

〈瞻禮孔子吟〉，卷十五

清「而」不和，隘「而」多鄙，和「而」不清，慢「而」
鮮禮（含起聯）

案：這些「而」字均作連接兩個形容詞的關係詞。

〈清和吟〉，卷十六

哀「哉」過用心（結聯）

案：哉字作表感歎的語氣詞。

〈即事吟〉，卷十六

收「之」爲民極，著「之」爲國經……告「之」以神明。

案：這些之字，皆是指稱詞。

〈詩畫吟〉，卷十八

留「在」胸中防作恨，發「于」詞上恐成疵。

案：在字、于字作介進處所補詞的關係詞。

〈首尾吟之一三二〉，卷二十

冥「焉」畫午過（結句）

案：焉字作「冥焉」一詞的語尾助詞。

〈共城十吟之九〉，卷二十

3. 語助詞出現在句中第三字

覺來「猶」在日，一餉「但」蕭然。

案：猶字作準繫詞，和「如」字相同。但字爲轉折關係詞。

〈畫夢〉，卷十三

老年「何」所欲，惟願「且」平康（結聯）

案：何字爲表疑問的限制詞，且字是語中助詞。

〈和李文思早秋五首之五〉，卷十三

方行「初」下膝，既老「遂」華顛。

案：初字爲時間限制詞，遂字爲關係詞。

〈長憶乍能言〉，卷十三

賢德「之」人，所居「之」處……凶惡「之」人，所居「之」處（起聯）

案：之字皆作上下詞之間的連接詞。

〈偶書之二〉，卷十四

伊周「殊」不是庸人（結句）

案：殊字作限制詞。

〈問調鼎〉，卷十四

信意「遂」過高祖宅，因行「更」上魏王堤。

案：遂字由限制詞作關係詞，更字作限制詞使用，修飾其後「上」
　　這個動詞。

〈首尾吟之一○○〉，卷二十

齒暮「乍」逢新歲月，眼明「初」見舊親知。

案：乍字，初字均作時間限制詞。

〈首尾吟之一三○〉，卷二十

人事「已」默定，世情「曾」久諳。

案：已字，曾字作述事實因果的關係詞。

〈閒吟四首之三〉，卷一

枉尺「既」不能，括囊「又」何謝。

案：既字，又字為上下相接加合關係的關係詞。

〈高竹八首之三〉，卷一

經霜「儘」憔悴，來歲「卻」依依（結聯）

案：儘字，卻字作上下時間關係連接的關係詞。

〈垂柳長吟〉，卷六

畫手「方」停筆，騷人「正」倚樓。

案：方字，正字為時間限制詞。

〈春水長吟〉，卷六

天心「況」非遠，既遠「遂」無還（結聯）

案：況字，遂字為前後遞進關係的關係詞。

〈偶得吟〉，卷七

山川「繞」表裏，丘攏「又」荒涼。

案：繞字與又字為正反關係的連接詞。

〈書皇極經世後〉，卷八

林池「既」不靜，禽魚「當」如何。

案：既字作限制詞，當字作關係詞。

〈偶書吟〉，卷八

海壖「曾」共飲，洛社「又」同遊。

－319－

案：曾字作時間限制詞，又字作連接詞。

〈代書寄祖龍圖〉，卷九

三皇「之」世世熙熙，烏鵲「之」巢俯可窺（起聯）。

案：之字均作連接詞。

〈三皇吟〉，卷十三

牆高「于」肩，室大「于」斗。

案：兩于字爲介進比較補詞「肩」、「斗」的關係詞，在這裡是
　　安排在形容詞「高」、「大」之後。

〈甕牖吟〉，卷十四

不樂「乎」我，更樂「乎」誰。

案：乎字皆作句末反詰語氣的語氣詞，因爲要凸顯主詞「我」、
　　「誰」，所以由句末移至句中。

〈盆池吟〉，卷十四

時行「則」行，時止「則」止（結聯）

案：兩個則字均作關係詞。

〈清和吟〉，卷十六

不知「者」多，知之「者」鮮。

案：者字均作提頓的語氣詞。

〈天人吟〉，卷十八

巍巍「乎」堯舜。

案：乎字作語尾助詞。

〈演繹吟〉，卷十八

可勉「者」行，可信「者」言，可委「者」命，可託「者」
天（全首）

案：者字均作不確定的稱代詞。

〈四可吟〉，卷十九

4. 語助詞出現在句中第四字

財利激「於」衷，喜怒見「於」頰，生殺在「於」手，與

奪指「於」頤。

案：於字皆作關係詞。

〈觀棋大吟九句至十二句〉，卷一

雨作泥「兮」風為塵。

案：兮字為「泥兮」之語尾語氣詞。

〈長安道路作〉，卷二

風柳散「如」梳，霜雲淡「如」掃（起聯）

案：如字作準繫詞。

〈秋懷之二十二〉，卷三

徒有仁「者」心，殊無仁「者」意（結聯）

案：者字均作不確定的指稱詞。

〈答人書言〉，卷四

中原久「而」不能有。

案：「久而」為一詞。久字為限制詞，又而為詞結，所以「而」字演變成轉接的關係詞。

〈代書謝王勝之學士寄萊石茶酒器〉，卷七

紅消食「之」甘如飴，金花食「之」先顰眉。

案：之字均作稱代詞。

〈食梨吟〉，卷十

梅因何「而」酸，鹽因何「而」鹹，茶因何「而」苦，薺因何「而」甘（全首）

案：而字均作連接詞。

〈因何吟〉，卷十二

合而言「之」安有二。

案：「言之」已成一詞，所以之字可視為語尾助詞。

〈天人吟〉，卷十五

爭讓起「于」心，沿革生「于」跡。

案：于字作介進處所補詞的關係詞。

〈爭讓吟〉，卷十五

義軒讓「以」道，堯舜讓「以」德，湯武爭「以」功，桓
文爭「以」力（含結聯）

案：以字置於動詞之後，作引進補詞的關係詞。

〈爭讓吟〉，卷十五

邵堯夫「敢」作西鄰（結句）

案：敢字作限制詞。

〈和王安之同赴府尹王宣徽洛社秋會〉，卷十六

內外察「諸」（結句）

案：諸字等同「之乎」，作疑問助詞。

〈災來吟〉，卷十八

固有命「焉」剛不信，是無天「也」果能欺。

案：焉字、也字均作語尾語氣詞。

〈首尾吟之十八〉，卷二十

返魂丹「向」何人用，續命湯「於」甚處施。

案：向字、於字在這裡皆作關係詞用。

〈首尾吟之六十〉，卷二十

誰何藥「可」醫無病，多少金「能」買不疑。

案：可字、能字作限制詞。

〈首尾吟之八十一〉，卷二十

睡思動「時」親寶檻，幽情發「處」旁盆池。

案：時字、處字，一作時間補詞，一作處所補詞。

〈首尾吟之一一八〉，卷二十

芝蘭見「處」須收採，金玉逢「時」莫棄遺。

案：時字、處字，一作時間補詞，一作處所補詞。

〈首尾吟之一三二〉，卷二十

5. 語助詞出現在句中第五字

四面溪山「徒」滿目，九秋宮殿「自」危空。

案：徒、自字均作限制詞。

〈秋遊六首之六〉，卷二

崑嶺移歸「都」是玉，天河落後「盡」成銀。

案：都字、盡字皆作限制詞。

〈和商守西樓雪霽〉，卷二

一盃美酒「聊」康濟，林下時時「或」自斟（結聯）

案：聊字、或字作限制詞用。

〈何事吟寄三城富相公〉，卷三

欲求爲此「者」，到了是誰「何」（結聯）

案：者字、何字均作語尾語氣助詞。

〈逍遙吟之三〉，卷七

當年志意「欲」橫秋，今日思之「重」可羞（起聯）

案：欲字、重字均作限制詞。

〈歲暮自貽〉，卷八

不作風波「於」世上。

案：於字作介進處所補詞的關係詞。

〈安樂窩中自貽〉，卷八

秋深天氣「隨」宜好，老後心懷「只」愛閑。

案：隨字、只字作限制詞用。

〈秋霽登石閣〉，卷九

如今存者「殆」非半。

案：殆字表測度的語氣詞。

〈答李希淳屯田三首之一〉，卷十一

少日掛心「惟」帝典，老年留意「只」義經。

案：惟字、只字皆作限制詞，分別修飾「掛心」和「留意」。

〈旋風吟二首之一〉，卷十一

能來同享「無」（結句）

案：無字作疑問語氣詞。

〈閣上招友人〉，卷十一

論兵狼石「寧」無意，飲馬黃河「徒」有心。

案：寧字作疑問語氣詞。徒字作限制詞。

〈觀三國吟〉，卷十五

奈何此二「者」，我獨無一「與」（結聯）

案：者字作指稱詞，與字作疑問語氣詞。

〈歲暮自貽吟〉，卷十六

不老必無「也」，再中應有「之」（結聯）

案：也字、之字作語尾語氣助詞。

〈不老吟〉，卷十九

有命更危「亦」不死，無命極醫「亦」無效（起聯）

案：二亦字皆作限制詞用。

〈疾革吟〉，卷十九

進退雲山「爲」主判，陶鎔水竹「是」兼司。

案：爲字、是字均作準繫詞。

〈首尾吟之四十九〉，卷二十

一盞兩盞「至」三盞，五題七題「或」十題。

案：至字，原係動詞，在此已作連接詞用。或字作抉擇關係的
關係詞。

〈首尾吟之六十九〉，卷二十

陰陽消長「既」未已，動靜吉凶「那」不知。

案：「既……那」作前後推論關係的關係詞，既字有「既然」
之意，那字如同「寧」之意。

〈首尾吟之七十五〉，卷二十

嬋娟東面「才」如鑑，屈曲西邊「卻」皺眉。

案：「才……卻」原作限制詞，今可視爲上下句對待關係的關
係詞。

〈首尾吟之八十三〉，卷二十

松上見時「偏」淡潔，懷中照處「特」光輝。

案：偏字、特字均作限制詞。

〈首尾吟之八十四〉，卷二十

在世上官「雖」不做，出人間事「卻」能知。

案：「雖……卻」為上下句之間有對待關係的關係詞。

〈首尾吟之九十一〉，卷二十

恢恢志意「方」閒暇，綽綽情懷「正」坦夷。

案：方字、正字作時間性限制詞。

〈首尾吟之九十六〉，卷二十

瓦燒酒盞「連」醅飲，紙畫棋盤「就」地圍。

案：連字、就字作限制詞。

〈首尾吟之一一九〉，卷二十

6. 語助詞出現在句中第六字

鞠育教誨誠「在」我，壽天賢愚繫「於」汝。

案：在字、於字作關係詞用。

〈生男吟〉，卷一

命題濫被神「相」助，得句謬為人「所」傳。

案：相字、所字作為「相助」、「所傳」一詞的語首助詞。

〈安樂窩中詩一編〉，卷九

世間憂喜常「相」遂，多少酒能平「得」君。

案：相字原作限制詞，此處可視為關係詞。得字作關係詞。

〈年老逢春之十三〉，卷十

伊川洛川水「似」線，太室少室峰「如」錐。

案：似字、如字作準繫詞用。

〈首尾吟之二十七〉，卷二十

老成人為福「之」基，駃孺子為禍「之」梯。

案：之字皆作連接詞。

〈首尾吟之五十一〉，卷二十

意淺不知多「則」惑，心靈須識動「之」微。

案：則字作關係詞。之字作連接詞。

〈首尾吟之七十四〉，卷二十

物中要妙眼「前」見，人上幾微心「裏」知。

案：前字作方位關係詞。裏字作處所關係詞。

〈首尾吟之一二六〉，卷二十

仙家氣象閒「中」見，真宰功夫靜「處」知。

案：中字作時間關係詞，即「之中」的意思。處字作處所關係詞。

〈首尾吟之一二八〉，卷二十

枉道干名名「亦」失，拂民從欲欲「還」隳。

案：亦字、還字作連繫作用的限制詞。

〈首尾吟之一三一〉，卷二十

7. 語助詞出現在句中第七字

滔滔天下曾知「否」（結聯）

案：否字作疑問語氣語。

〈名利吟〉，卷三

三吳還似嚮時「無」（結句）

案：無字作疑問的語氣詞。

〈代書寄前洛陽簿陸剛叔秘校〉，卷七

爲春成病花知「否」（結句）

案：否字作疑問的語氣詞。

〈問春之三〉，卷八

靈丹換骨還如「否」？白日升天似得「麼」？。

案：否字、麼字作疑問句的語氣詞。

〈林下五吟之三〉，卷八

欲求同列誰能「否」（結句）

案：否字作疑問語氣詞。

〈林下局事吟〉，卷九

時和受賜已多「矣」，安有胸中不晏「如」（結聯）

案：矣字作語尾語氣詞。如字是「晏如」的語尾助詞。

〈依韻和吳傳正寺丞見寄〉，卷九

太平自慶何多「也」（結聯）

案：也字作疑問語氣詞。

〈安樂窩中四長吟〉，卷九

似我閑人更有「麼」。

案：麼字已是極口語化的語氣詞。

〈年老逢春之六〉，卷十

以人從欲得安「乎」。

案：乎字作語尾語氣詞。

〈富貴吟〉，卷十六

疇昔情懷奈杳「然」（結句）

案：然字作「杳然」的語尾助詞。

〈為客吟之一〉，卷十九

以至死生猶處「了」，自餘榮辱可知「之」。

案：了字、之字均是語尾語氣詞。

〈首尾吟之二十二〉，卷二十

無聲無臭儘休「也」，不忮不求還得「之」。

案：也字、之字均作語尾語氣詞。

〈首尾吟之二十四〉，卷二十

既無一日九遷則，安有終朝三褫「之」。

案：之為不確定的指稱詞。

〈首尾吟之三十四〉，卷二十

8. 語助詞一句出現二字以上

上兵「不可」伐，巧曆「不可」推，善者「不可」道，逸
駕「不可」追。

案:「不可」一詞均作否定限制詞用。

〈觀棋大吟〉倒八句至倒五句,卷一

「非唯」忘利祿,「況復」外形骸。

案:「非唯……況復」爲遞進關係的關係詞。

〈依韻和張元伯職方歲除〉,卷一

「吁咈哉」若神。

案:吁咈哉三字合成一組感歎語氣詞。

〈題華山〉,卷二

迴首「又且」數日強。

案:又且二字作連接二個不是疑問句的連接關係詞。

〈竹庭睡起〉,卷二

雖三軍在前,「而」莫得「之」凌(結句)

案:而字作轉折關係複句的關係詞。之字純粹作語中助詞。

〈答人書意〉,卷四

爲士「幸而」居盛世,住家「況復」在中都(起聯)

案:「幸而……況復」爲遞進關係的關係詞。

〈閒適吟〉,卷六

「與其」功業遁青史,「孰若」雲山負素書。

案:「與其……孰若」作比較得失的關係詞。

〈和孫傳師秘校見贈〉,卷六

腸隨「此」聲「既已」斷,魂逐「此」禽「何處」飛(結聯)

案:此字作指稱詞。既已二字作限制詞。何處二字作處所補詞。

〈聽杜鵑思亡弟〉,卷六

「況且」粗康強,「又復」無憂撓。

案:「況且……又復」爲逼進關係的關係詞。

〈歡喜吟〉,卷八

「此意」分明難理會,「直須」賢者入消詳(結聯)

案：「此意」、「直須」均爲限制詞。

〈蒼蒼吟寄答曹州李審言龍圖〉，卷八

「則」予何人「哉」（結聯）

案：則字作轉折關係詞。哉字作疑問語氣詞。

〈謝人惠石筍〉，卷九

東君「見」賜何多「也」（結聯）

案：見字爲「見賜」的詞頭助詞。也字作肯定的語氣詞。

〈年老逢春之三〉，卷十

「自餘」身外無窮事，「皆可」掉頭稱不知（結聯）

案：自餘……皆可作上下句因果關係的關係詞。

〈安樂窩中吟之八〉，卷十

「已曾」同賞花無限，「須約」共遊山幾迴。

案：「已曾……須約」爲上下原因關係的關係詞。

〈依韻答安之少卿〉，卷十

「惟」喜飲「之」多……「惟」喜飲「之」和（起聯）

案：惟字皆作限制詞。之字均作語助詞，即「多飲之」、「和飲
　　之」之意。

〈善飲酒吟〉，卷十一

「非關」天知音少，「自是」堯夫不善琴（結聯）

案：「非關……自是」爲上下句前後因果關連之關係詞。

〈旋風吟之三〉，卷十一

閑目面前「都是」暗，開懷天外「更無」它。

案：「都是」、「更無」作上下句逼進關係的關係詞。

〈頭風吟〉，卷十一

園池共避「何妨」勝，樽俎相歡「未始」忙。

案：「何妨」、「未始」均作限制詞。

〈依韻和王安之少卿六老詩仍見率成七首之一〉，卷十三

「既」爲「之」巨硯，「遂」登「于」綸閣。

案：「既⋯⋯遂」表推論關係的關係詞。之字作指稱詞。于字
　　作關係詞。

〈王勝之諫議見惠文房四寶⋯⋯因以謝之〉，卷十四

百年昇平，「不」爲「不」偶；七十康強，「不」爲「不」
壽（結句）

案：「不⋯⋯不」均作雙重的否定限制詞表肯定意思。

〈甕牖吟〉，卷十四

「亦或」清淺，「亦或」渺瀰，「亦或」瀠淨，「亦或」漣漪。

案：亦或二字作交替關係的關係詞。

〈盆池吟〉，卷十四

「吁嗟」四代帝王權。

案：「吁嗟」作感歎語氣助詞。

〈觀書吟〉，卷十五

恨無由往「一」觀「之」（結句）

案：一字作限制詞。之字作指稱詞。

〈代書寄呂庫部〉，卷十六

「非唯」仰歲給，「抑亦」了官輸。

案：「非唯⋯⋯抑亦」作上下句遞進關係的關係詞。

〈和王安之少卿雨後〉，卷十六

「不亦」難「乎」（結句）

案：「不亦」作反詰疑問限制詞。乎字作語尾語氣詞。

〈善惡吟〉，卷十六

詩「者」豈「于」此，史畫「而已矣」（結聯）

案：者字作停頓助詞，于字作關係詞。「而已矣」三字，作語
　　氣助詞。

〈史畫吟〉，卷十八

詩「者」人「之」志（起句）

案：者字作停頓用的助詞。之字作連接詞。

〈談詩吟〉，卷十八

時「之」來「兮」……時「之」去「兮」……前日「之」
事「兮」……

今日「之」事「兮」（起句；結聯）

案：前二個之字並使原來的句子變成詞組，作介詞用。後二個
　　之字作連接詞用。所有兮字語尾助詞。

〈時事吟〉，卷十八

繫「自」人「者」難「乎」力爭。

案：自字同「於」意，作介詞。者字作不確定的指稱詞。乎字
　　作語中助詞。

〈貴賤吟〉，卷十九

「亦或」叫提壺，「亦或」叫歸去（結聯）

案：「亦或」作交替關係的關係詞。

〈暮春吟〉，卷十九

詩「者」志「之」所之「也」。

案：者字作停頓的助詞。之字作連接詞。也字作語尾語氣詞。

〈首尾吟之三十〉，卷二十

月華「正似」金波溜，雪片「還如」柳絮飛。

案：「正似」、「還如」並爲準繫詞。

〈首尾吟之四十〉，卷二十

「若以」後時爲失計，「必將」先手作知幾。

案：「若以……必將」爲上下句因果關係的關係詞（若以、必
　　將原作限制詞）。

〈首尾吟之四十八〉，卷二十

經綸「亦可」爲餘事，性命「方能」盡所爲。

案：亦可、方能均爲限制詞。

〈首尾吟之五十四〉，卷二十

「合」放手時「須」放手，「得」開眉處「且」開眉。

案：合、須、得、且並作限制詞。

〈首尾吟之五十八〉，卷二十

明月恰圓「還卻」缺，好花纔盛「又成」衰。

案：「還卻……又成」為上下句同等對待關係的關係詞。

〈首尾吟之六十〉，卷二十

「當初」何故盡有說，「在後」可能都沒辭。

案：「當初……在後」作上下句逆接的關係詞。

〈首尾吟之七十〉，卷二十

物「皆」有理我何「者」，天「且」不言人代「之」。

案：皆字作限制詞，者字作疑問語氣詞。且字作限制詞。之字
　　作指稱詞。

〈首尾吟之七十八〉，卷二十

泥沙用處「寧無」惜？螻蟻驅時「忍更」窺。

案：寧無二字作測度的語氣詞。忍更二字作限制詞。

〈首尾吟之七十九〉，卷二十

歡喜「焉能」便休得，語言「須且」略形之。

案：焉能二字作疑問限制詞。須且二字作限制詞。

〈首尾吟之八十〉，卷二十

「何如」亭午「更」休轉，「不奈」才圓「又」卻虧。

案：何如二字作疑問助詞。更字作限制詞。不奈即無奈，作限
　　制詞。又字作限制詞。

〈首尾吟之八十四〉，卷二十

庖犧「可作」三才主，孔子「當為」萬世師。

案：可作、當為並作繫詞。

〈首尾吟之九十七〉，卷二十

日月「既」來「還」卻往，園林「纔」盛「又」成衰。

案：「既……還」、「纔……又」為前後句因果關係的關係詞。

〈首尾吟之一一二〉，卷二十

登山高下「雖然」見，臨水淺深「那不」知。

案：雖然原作限制詞。「那不」原作限制詞。現在本例「雖然……那不」已變成上下句容認關係的關係詞。

〈首尾吟之一一二〉，卷二十

當時「既有」少正卯，今日「寧無」孔仲尼。

案：「既有……寧無」爲上下有無句的關係詞。

〈首尾吟之一一五〉，卷二十

面前「自有」好田地，天下「豈無」平路岐。

案：「有」作肯定判斷句的繫詞，「無」作否定判斷句的繫詞。但是加上限制詞「自」、疑問限制詞「豈」則上下句「自有……豈無」可看成關係詞了。

〈首尾吟之一二七〉，卷二十

號「爲」賢者「能」從善，名「曰」小人「能」飾非。

案：爲字、曰字作準繫詞。兩個能字均作限制詞。

〈首尾吟之一三一〉，卷二十

「當」鍛煉「時」分勁節，「到」磨礱「處」發光輝。

案：當字、到字作介進處所補詞的關係詞。時字、處字分別作介進時間與處所補詞的關係詞。

〈首尾吟之一三四〉，卷二十

（二）語助詞使用情況之分析

1. 擊壤集每一卷均有大量使用語助詞的現象，凡二十卷，無卷無之。

2. 語助詞平均出現在五言或七言詩的任何一字都曾使用語助詞，每一字的出現率幾乎是相當平均的，但仍以一、三、五字出現率較高些。甚至一句中出現二字以上語詞的現象，竟也十分普遍，正見邵氏專用語助詞的特色。也有通首詩，句句皆用語助詞的情形。

3. 大量語助詞的使用，使邵雍的詩通暢有餘而精緻不足，如此

沖淡詩句的精緻，是邵氏有意為之，究其原因，欲以極淺的詩句文字表達最深的理學思想。

4. 邵氏刻意以散文化的口語入詩，因此大量採用語助詞。對於大量語助詞所可能造成的詩句散文化的現象，邵氏應有自覺，其本意就是如此，如今《擊壤集》所形成的風貌，是他求仁得仁的結果；相信邵氏深喜自編的詩集。

5. 至於邵詩語助詞如此泛濫，會不會斲傷詩的意境、風格和情性。我想邵雍經過深思熟慮以為不會有如此結果，他的本意欲無害於詩的意境、情性卻能樹立自身的風格，方思優於為之。今選諸家最喜愛的一首邵詩〈安樂窩〉為例來說明。「半記不記夢覺後，似愁無愁情倦時。擁衾側臥未欲起，窗外落花撩亂飛。」（卷十，又名懶起吟）這首詩以「半……不，似……無。……未欲……」等不確定的限制詞發揮語助詞的作用，使詩境得到捉摸不定的空靈的美感，所以說語助詞的使用不一定會傷害詩的意境情性，何況詩所要表達也不僅止於意境情性。因為邵雍所欲表達的思想尤在理學方面的見解。

邵氏編輯一生自作三千餘首詩之際（乃其子邵伯溫編定，自己作序，實際上應視同自己編定），已刪去過半，僅剩一千五百餘首，少年時所作情感豐腴的作品悉在刈除之列。他的《擊壤集》正是揮舞理學思想大纛的鎖鑰，欲了解邵雍必須了解《皇極經世》等作品，而其入門鑰匙便是《擊壤詩集》。

因之，邵雍大量援引口語化的語助詞入詩，目的便是降低理學詩的理解難度，力求易解、和諧而通行化。擊壤集所展現的風貌，在本篇小文所顯現語助詞運用的變化多端和技巧的純熟老練，已足以展現他個人的詩風。

熊十力說邵康節的詩從來無人能識，而程兆熊說「中國詩裡有四

個典型，……其四則爲邵雍。……」〔註9〕他們爲什麼會把邵雍看成中
國詩人中的一個理學家的典型，此恐怕是邵雍將詩歌融入生活，且眞
正融入日常生活，如此一來，詩歌的語言不生活化可以嗎？是的，不
可以。於是善用生活化、口語化語助詞現象，就成爲邵雍詩歌的特色。

〔註 9〕程兆熊，〈論邵康節的首尾吟及其詩學〉，新亞書院《學術年刊》12
　　　　期，1970 年。

附錄三：邵雍詩褒貶人物的思想

　　東漢班固的〈詠史詩〉，爲詠史詩之嚆矢，而東方朔作〈誡子詩〉始有理學詩的發端。詩歷漢唐降及宋朝，以文爲詩，專務議論，詩風詩格作重大改變，於是邵雍、周敦頤、張載、程顥、朱熹理學家的詩派一路蔓衍至明、清〔註1〕，其中邵雍的詠史詩，在《擊壤集》中又自成一單元，是故簡闢專章，特爲之解析。

　　歷史是記載時與事的軌跡，就此觀點而言，邵雍的詠史詩自有其價值。在邵雍的詩論特別強調「懷其詩謂之志，感其物則謂之情。」《擊壤集》自序，懷其詩是時與志的關係，感其物則是事與情的關係，這種道學家的理念，摻以原本儒家思想，讓邵雍詠史詩的「以天下大義爲言」（自序）的觀點顯得有特別的用意存焉。因此邵雍詠史詩雖然談志言情，實具有載道的功能。〔註2〕以下分項來探討其詠史的涵義所在：

一、史事和人物成衰有自然代謝之理

　　在邵雍的易學思想中，深明歷代盛衰皆有定數，且認爲天助人助

〔註1〕郭紹虞，《中國文學批評史》，上卷第六篇〈北宋之詩論・第二目邵雍〉，頁423，文光出版社，台北，1973年初版。

〔註2〕楊志莊，《兩宋文學研究》，第二編第七章〈擊壤派〉，頁30～31，台灣商務印書館，1973年初版。

都是要件，所以他說：「天地全功須發露，朝廷盛美在施爲。」（卷十九）他又說：「時之來兮，其勢可乘。時之去兮，其勢遂生。」（卷十八）我們觀察宇宙時空的移易確是如此，然而這種因「時久」、「事久」所產生的弊端要如何解決呢？邵雍認爲「事既不同時又異，也由天道也由人。」（卷十三）把歷史的事件交給天道和人道共同解決。豈但朝代盛衰如此，就是聖賢的產生也不能脫離時勢成衰，所以他說：「日月星辰堯則了，江河淮濟禹平之。」（卷十九）這是解釋堯解決了上古時代依循四時運轉的耕作問題，禹平定了水患問題，他們各佔天時地利之便，乘勢而興，成聖成賢。聖賢的人行仁義之道就是人助天助的道理。因之，他說：「體道之謂聖，如天之謂仁。」（卷十一）總之，翻開二千年的歷史，相因相革，糾纏紛紜，都是在「仁義既無，四夷來侮。」（卷十八），令人掩卷慨嘆，噓唏不已。邵雍儒亦道的精神，從他對於史事的關懷不難發現的，誰說他不是性情中人？

　　時之來兮，其勢可乘。時之去兮，其勢遂生。

　　前日之事兮，今日不行。今日之事兮，後來必更。

〈時事吟之一〉卷十八

　　勢成舉頭方偃蹇，氣衰旋踵卻嗟吁。

　　厚誣天下稱賢者，天下何嘗可厚誣。　〈盛衰吟〉卷十八

　　亂多于治，害多于利。

　　悲多于喜，惡多于美。

　　一陰一陽，奈何如此。　〈治亂吟之一〉卷十六

　　宇宙在乎手，萬物在乎身；綿綿而若存，用之豈有勤。

〈宇宙吟〉卷十六

　　羲軒堯舜雖難復，湯武桓文尚可循。

　　事既不同時又異，也由天道也由人。　〈天人吟〉卷十三

　　吁嗟四代帝王權，盡入區區一舊編。

　　或讓或爭三萬里，相因相革二千年。

　　唐虞事業誰能繼，湯武功夫世莫傳。

時既不同人又異，仲尼惡得不潸然。　　　〈觀書吟〉卷十五

有讓豈無爭，無沿安有革。爭讓起于心，沿革生于跡。

羲軒讓以道，堯舜讓以德。湯武爭以功，桓文爭以力。

　　　　　　　　　　　　　　　　　　〈爭讓吟〉卷十五

羲軒堯舜，湯武桓文；皇王帝霸、父子君臣。

四者之道，理限于秦。降及兩漢，又歷三分。

東西俶擾，南北紛紜。擾攘十姓，天紀幾焚。

非唐不濟，非宋不存。千世萬世，中原有人。

　　　　　　　　　　　　　　　　　　〈經世吟〉卷十七

中原一片閒田地，曾示三皇與五帝。

三皇五帝子孫多，或賤或貧或富貴。　　〈治亂吟之二〉卷十六

大舜與人同好惡，以人從欲得安乎。

能知富貴尋常事，富貴能驕非丈夫。　　　〈富貴吟〉卷十六

窮不能卷，達不能舒；謂之知道，不亦難乎！

　　　　　　　　　　　　　　　　　　〈窮達吟〉卷十六

人有去就，事無低昂。

跡有疏密，人無較量。

能此四者，自然久長。　　　　　　　　　〈人事吟〉卷十八

堯夫非是愛吟詩，爲見聖賢興有時。

日月星辰堯則了，江可淮濟禹平之。

皇王帝霸經褒貶，雪月風花未品題。

豈謂古人無闕典？堯夫非是愛吟詩。　　〈首尾吟之一〉卷十九

堯夫非是愛吟詩，爲見興衰各有時。

天地全功須發露，朝廷盛美在施爲。

便都默默奈何見，若不云云那得知。

事在目前人不慮，堯夫非是愛吟詩。　　〈首尾吟之二〉卷十九

堯夫非是愛吟詩，詩是堯夫掩卷時。

時過猶能用歸妹，物傷長懼入明夷。

夏商盛日何由見，唐漢衰年爭忍思。

畎畝不忘天下處，堯夫非是愛吟詩。

〈首尾吟之一一○〉卷十九

中原之師，仁義爲主；仁義既無，四夷來侮。

〈中原吟〉卷十八

精義入神以致用，利用出入之謂神；

神無方而易無體，藏諸用而顯諸仁。　〈治亂吟之三〉卷十六

體道之謂聖，如天之謂二；如何仁與聖，天下莫敢倫。

〈仁聖吟〉卷十一

二、評比歷史人物體會殊深

詩人寫史詩，褒貶自在詩內。邵雍以易學名家，詩學是用來當作進入易學的敲門磚，所以遣詞力求明白易解。在易學方面的成就我們可以從《皇極經世》深入研究。但是對於他在史學方面的成績，卻是要通過《擊壤集》中一百多首的詠史詩才能略窺的。這些詠史詩上自三皇五帝論起，中經三王、春秋、戰國、兩漢、三國、隋，下逮唐和五代。其所論歷史人物的涵蓋面遍及每一個朝代，此正可以看出邵雍對於史學研究的深度和廣度，恐怕都不在易學、詩學之下。我們略依時代先後去了解他對人物褒貶的想法何在！

（一）盛讚三皇五帝三王五伯的勳業

邵雍論及三皇五帝的功業可長可久，後世無與倫比；其原因乃在行非常道，依循至理，總歸是以仁義爲心。三王以下便有因有革勳業隨德業之屚強而變化。邵詩分別以春晨、正午、秋、冬季節的變化來形容三皇、五帝、三王、五霸勳業和德業盛衰的變化，非常具體生動。並且認爲施政者應體解聖人的心，以天下之耳目想法爲施政的參考，不濫用私情，以無爲而無所不爲的道家思想管理天下，可以達成理想中的政治。

許大乾坤自我宣，乾坤之外復何言。

初分大道非常道，才有先天未後天。

作法極微難看蹟，收功最久不知年。

若教世上論勳業，料得更無人在前。　　〈觀三皇吟〉卷十五

進退肯將天下讓，著何言語狀雍容。

衣裳垂處威儀盛，玉帛修時意思恭。

物物盡能循至理，人人自願立殊功。

當時何故得如此，只被聲名類日中。　　〈觀五帝吟〉卷十五

一片中原萬里餘，殆非屏德所宜居。

夏商正朔猶能布，湯武干戈未便驅。

澤火有名方受革，水天無應不成需。

詳知仁義爲心者，肯作人間淺丈夫。　　〈觀三王吟〉卷十五

三皇之世正熙熙，鳥鵲之巢俯可窺。

當日一般情味好，初春天氣早晨時。　　〈三皇吟〉卷十三

五帝之時似日中，聲明文物正融融。

古今世盛無如此，過此其來便不同。　　〈五帝〉卷十三

三王之世正如秋，權重權輕事有由。

深谷爲陵岸爲谷，陵遷谷變不知休。　　〈三王〉卷十三

五伯之時正似冬，雖然三代莫同風。

當初管晏權輕重，父子君臣尚且宗。　　〈五伯〉卷十三

刻意尊名名愈虧，人人奔命不勝疲。

生靈劍戟林中活，公道貨財心裡歸。

雖則鼠羊能愛禮，奈何鳴鳳未來儀。

東周五百餘年內，歎息惟聞一仲尼。　　〈觀五伯吟〉卷十五

天下目爲目，謂之明四目；天下耳爲耳，謂之達四聰。

前疏與鼓續，所貴無近情；無爲無不爲，知此非虛生。

　　　　　　　　　　　　　　　〈唐虞吟〉卷十一

不降聖人時，不見聖人面；聖人言可聞，聖人心可見。

　　　　　　　　　　　　　　　〈思聖吟〉卷十二

（二）喟嘆春秋戰國的亂世

春秋戰國在政治和思想上都是瞬息變化的時代，動盪、紛岐是它的特徵。這種時代，仁義不行，孔子孟子俱不能施爲，天下無時無刻都處於戰爭狀態，因此邵雍說：「清晨見鬼未爲怪，白日殺人奚足驚。」（卷十五）正對於如此恐怖世界的震驚。但詩人對於蘇秦、張儀「市井之人爲正卿」有乘勢而起的時機是相當羨慕的，若不得起用，則只如孔孟將詩篇化爲感麟之心，留下千載萬載的丹青名聲。

當其末路尚縱橫，仁義之言固不聽。
肯謂破齊存即墨，能勝坑趙盡長平。
清晨見鬼未爲怪，白日殺人奚足驚。
加以蘇張掉三寸，扼喉其勢不俱生。　　〈觀七國吟〉卷十五

七國縱橫事可明，蘇張得路信非平。
當初天下如何爾，市井之人爲正卿。　　〈七國之一〉卷十三

管晏治時猶有體，蘇張用處更無名，
三皇五帝從何出，掃地中原俟太平。　　〈七國之二〉卷十三

堂堂王室寄空名，天下無時不戰爭。
滅國伐人雖恐後，尋盟報役未嘗寧。
晉齊命令炎如火，文武資基冷似冰。
惟有感麟心一片，萬年千載若丹青。　　〈觀春秋吟〉卷十五

轟轟七國正爭籌，利害相磨未便休。
比至一雄心底定，其如四海血橫流。
三千賓客方成夢，百二山河又變秋。
謾說罷候能置守，趙高元不是封候。　　〈觀嬴秦吟〉卷十五

（三）深明兩漢至五代亡國的軌跡

兩漢、三國相承，漢亡之因在於「經營殊不念高光」，三國消滅主因即國力不足，內外無法相顧。三國之後曹魏被司馬氏所篡，是謂西晉；西晉敗在「安若忘危」。而後，有南北朝，皆國祚短暫，國雖小康而未靖。直至隋朝能一統天下，可惜未謀典章制度，又因貪念而

失去民心。再來是三百餘年的唐代盛世。偉大的盛世，而今不過空留
壯偉事業的歷史。唐滅，其後是後梁、後唐、後晉、後漢、後周的五
代十國時期，在短短五十三年，朝代迅速更替，直待宋太祖的統一中
原。邵雍歷歷敘述史跡，娓娓道來，總是貫穿一種撥雲見日的人事、
天時因循代謝的觀點，足見他是深明歷史演進的法則和軌跡的。歷史
的走馬燈不停，其間總是欠一位關鍵性的政治家，詩人對管夷吾、諸
葛武侯的評價，正是映照出詩人一生欲康濟家國的期待。

秦破河山舊戰場，豈期民復見耕桑。

九千來里開封域，四百餘年號帝王。

剝喪既而遭莽卓，經營殊不念高光。

當時文物如斯盛，城復何由更在隍。　　〈觀兩漢吟〉卷十五

桓桓鼎峙震雷音，絕唱高蹤沒處尋。

簫鼓一方情未暢，弓刀萬里力難任。

論兵狼石寧無意，飲馬黃河徒有心。

雖曰天時亦人事，誰知慮外失良金。　　〈觀三國吟〉卷十五

承平未必便無憂，安若忘危非善謀。

題品人材憑雅誚，雌黃時事用風流。

有刀難剖公閭腹，無木可梟元海頭。

禍在夕陽亭一句，上東門嘯浪悠悠。　　〈觀西晉吟〉卷十五

天生神武奠中央，不爾群凶未易攘。

貞觀若無風凜凜，開元安有氣揚揚。

憑高始見山河壯，入夏方知日月長。

三百年間能渾一，事雖成往道彌光。　　〈觀有唐吟〉卷十五

羲軒堯舜，湯武桓文，皇王帝霸，父子君臣。

四者之道，理限于秦。降及兩漢，又歷三分。

東西俶擾，南北紛紛。攘攘十姓，天紀幾焚。

非唐不濟，非宋不存。千世萬世，中原有人。

〈經世吟〉卷十七

自從唐季墜皇綱，天下生靈被擾攘，
社稷安危懸卒伍，朝廷輕重繫藩方。

深冬寒木固不脫，未旦小星猶有光，
五十三年更五姓，始知除掃待眞王。　　　〈觀五代吟〉卷十五

紛紛五代亂離間，一旦雲開復見天，
草木百年新雨露，車書萬里舊山川。

尋常巷陌猶簪紱，取次園亭亦管絃，
人老太平春未老，鶯花無害日高眠。　〈觀盛化吟之一〉卷十五

吾曹養拙賴明時，爲幸居多寧不知，
天下英才中遁跡，人間好景處開眉。

生來只慣見豐稔，老去未嘗經亂離，
五事歷將前代舉，帝堯而下固無之。　〈觀盛化吟之二〉卷十五

溥天之下號寰區，大禹曾經治水餘。
衣到敝時多蟣蝨，瓜當爛後足蟲蛆。

龍章雖復悲懷愍，象魏何嘗屬石符。
尼父有言堪味處，當時欠一管夷吾。　　〈觀十六國吟〉卷十五

方其天下分南北，聘使何嘗絕往還。
偏霸尚存前典憲，小康未靖舊戈鋋。

洛陽雅望稱崔浩，江表奇才服謝安。
二百四年能並轡，謾將中外互爲言。　〈觀南北朝吟〉卷十五

始謀當日已非臧，又更相承或自戕。
蟻螻人民貧土地，泥沙金帛悅姬姜。

征遼意思縻荒服，泛汴情懷厭未央。
三十六年都掃地，不然天下未歸唐。　　〈觀隋朝吟〉卷十五

（四）深入了解歷史關鍵的人物

被邵雍臧否到的歷史人物，有羲、軒、堯、舜、湯、武、桓、文，以及皋陶、伊尹、樂毅、孔子、季札、闔廬、夫差、句踐、子產、晏嬰、管仲、商鞅、始皇等。對於帝王特別讚許伏羲氏、軒轅氏、帝堯、

帝舜的盛世與太平。對於輔臣則稱美皋陶、伊尹、傅說、姜子牙、管仲、張良、諸葛亮、房玄齡、公孫子產、晏嬰的智勇和奇才。談及武將，多半噓唏君臣不能相濟，遺憾英雄功成不知急流勇退；如樂毅有志未伸，鄒忌與田忌、孫臏與龐涓分別詭詐結怨，勾踐和闔廬夫差鉤心鬥角，倏起而旋滅，均令人感慨傷情。

　　人物中，一再經邵雍反復吟詠的有四位，其一是孔子，其二是四皓，其三是張良，其四是韓信。他對孔子極度欣賞，讚爲萬世師，以爲孔贊易修春秋的深意在傳承教化之功，這一點是功超後世帝王，且不受世間繩墨所衡量的。所以邵雍強調君子與小人之區分一在謀義一在謀利。四皓之偉大，如同范蠡、張良和張良之師黃石公，在英雄逐鹿天下抵定能退出世間，優游江湖，對窮通用舍的認知，是頗有道家色彩的。至於對韓信的同情勝過於貶斥，相信以上四人的行事是深深影響邵雍的行事。由於深明歷史的殷鑒，邵雍的行事寧願追隨自然，而不去追逐時尚就沒有什麼奇怪的。

　　春秋時管仲、晏嬰治國守禮，至戰國時蘇秦、張儀既不行禮之體，遂失禮之用。宋朝離古道已遠，堯舜以前的制度禮儀難以恢復，但是商湯、周文王、周武王、齊桓公、晉文公時的制度確有信史的軌跡可尋。邵雍認爲宋朝版圖雖遜前朝，論富強之道仍可自己掌控，豈可輕棄，此是堯夫忠誠之言。邵雍將戰國四公子之優劣排列，依次爲齊孟嘗君、魏信陵君、趙平原君、楚春申君。其著眼於孟嘗君好客無所擇，乃仁心宅厚，且機智過人，在亂世而能避禍，實難能可貴。戰國四公子之優勢，自古就未易定論，實互有優劣也。邵雍以爲信陵君，賢不輸孟嘗君，惟數度棄國而走，又遭毀不能解脫，終因自棄病酒而死，殊不智也。餘平原君、春申君原在德、智上均稍有遜色，故列之在後。

　　商之比干忠諫犯諫，生既不獲主上諒解，死又被小人嗤笑的無奈，在邵雍的感受極其悲憤，所以他說：「千古存遺像，翻爲諂子嗤。」而又有一位堪稱英雄，也不遇世的人物是樂毅，由於英雄惜英雄，不由得邵雍脫口：「重惜千萬年，英雄爲流涕。」這種君臣不能深入契

合而終不得志於當代的心情，是不是邵雍史詩的寄託呢？

　　皋陶遇舜，伊尹逢湯。武丁得傅，文王獲姜。

　　齊知管仲，漢識張良。諸葛開蜀，玄齡啟唐。

〈偶得吟〉卷十六

　　乙未闔廬凌楚歲，戊辰勾踐破吳時，
　　正如當日乘虛事，三十四年人不知。　　〈吳越吟之一〉卷十五

　　夫差丁未曾囚越，勾踐戊辰還滅吳。
　　二十二年時返復，一如當日卻乘虛。　　〈吳越吟之二〉卷十五

　　子產何嘗辭鄭小，晏嬰殊不願齊衰。
　　二賢生若得其地，才業當為王者師。　　　〈齊鄭吟〉卷十六

　　商鞅得君持法處，趙良終日正言時。
　　當其命令炎如火，車裂如何都不知。　　　〈商君吟〉卷十三

　　并吞天下九千日，一統寰中十五年。
　　坑血未乾高祖至，驪山丘隴已蕭然。　　　〈始皇吟〉卷十三

　　鄒田二忌不相能，買卜之言惡足明。
　　利害傷真至于此，姓田人去恨難平。　　〈鄒田二忌〉卷十三

　　孫臏伏兵稱有法，龐涓鑽火一何愚。
　　兵家詭詐盡如此，利害令人自不殊。　　〈孫龐二將〉卷十三

　　時去三王，事歸五霸。七雄既爭，四子乃詫。

　　孟嘗居先，信陵居亞。平原居中，春申居下。

〈四公子吟〉卷十三

　　樂毅燕事時，其心有深旨。
　　破齊七十城，迎刃不遺矢。
　　豈留即墨莒，卻與燕有二。
　　欲使燕遂王，天下自齊始。
　　豈意志未申，昭王一旦死，
　　惠王固不知，使人代其位。
　　強燕自此衰，何復能振起？
　　自古君與臣，濟會非容易，

重惜千萬年，英雄爲流涕。　　　　　　　　〈樂毅吟〉卷十八

精誠皎於日，發出爲忠辭。方寸已盡破，獨夫猶不知。
高墳臨大道，老木無柔枝，千古存遺像，翻爲詔子嗤。
　　　　　　　　　　　　　　　　　　　　〈過干比墓〉卷二十

詩者人之志，言者心之聲。……既有虞舜歌，豈無臯陶賡。
既有仲尼刪，豈無季札聽。必欲漿天下，舍詩安足憑。……
　　　　　　　　　　　　　　　　　　　　〈詩畫吟〉卷十九

孫陳李三人，亡國體相似，雖然少有文，何復語英氣，
曹劉孫三人，興國體相似，雖然小有才，何復語命世。
　　　　　　　　　　　　　　　　　　　　〈興亡吟〉卷十五

誰剪毛頭謝陸沈，生靈肌骨不勝侵，
人間自有回天力，林下空多憂國心。
日過中時憂未艾，月幾望處患仍深。
軍中儒服吾家事，諸葛武侯何處尋。　　　〈毛頭吟之一〉卷十六

憂國心深爲愛君，愛君須更重於身，
口中講得未必是，手裡做成方始真。
妄意動時難照物，俗情私處莫知人，
厚誣天下凶之甚，多少英才在下塵。　　　〈毛頭吟之二〉卷十六

仲尼生魯在吾先，去聖千餘五百年。
今日誰能知此道，當時人自比于天。
皇王帝伯中原主，父子君臣萬世權，
河不出圖吾已矣，脩經意思豈徒然。　　　〈仲尼吟〉卷十二

執卷何人不讀書，能知性者又何如。
工居天下語言內，妙出世間紀墨餘。
陶冶有無天事業，權衡治亂帝功夫。
大哉贊易脩經意，料得生民以後無。　　　〈瞻禮孔子吟〉卷十五

仲尼始可言無意，孟子方能不動心。
莫向山中尋白玉，但於身上覓黃金。

山中白玉有時得，身上黃金無處尋，

我輩何人敢稱會，安知世上無知音。　　　〈知音吟〉卷十六

　　邵雍連續作〈題淮陰侯廟〉詩十首，如再加上〈讀張子房傳吟〉、〈題留侯廟〉共十二首，這是直接間接評論韓信的詩。詩人在這些詩篇中隱含諱筆，其褒美張良處與痛惜韓信處可相較互觀，詩人重點放在進退之道。詩人以為韓信之才高功偉不輸於張良，只是功成不退，不效巢許，不追黃石赤松，顯然不解君臣永遠處在相疑相爭的緊張狀態，若明此理，當成美節，退隱山林，永保才業。詩中亦涵蓋對宋君的不知重用奇臣的批判在內，只是文意極隱密而已。似乎詩人對史家散筆手法亦極熟練，惜未有散文集存世。至於〈題四皓廟〉詩四首的題旨在於「雖老猶能成大功」，詩人雖然早已不在乎名利，而轉向研究易數心學，但是於康濟天下的想法卻一直抱一絲希望，所以借著詩歌不斷地表達濟世的想法和內聖外王的學問，期能奇蹟似的用世，而不是循官序而漸用。

一身作亂宜從戮，三族全夷似少恩。

漢道是時初雜霸，蕭何王佐殆非尊。〈題淮陰侯廟〉十首之一

據立大功非不智，復貪王爵似專愚。

造成四百年炎漢，纔得安寧反受誅。〈題淮陰侯廟〉十首之二

生身既得逢真主，立事何須作假王。

誰謂禍階從此始，不宜迴首怨高皇。〈題淮陰侯廟〉十首之三

一時韓信為良犬，舌古蕭何作霸臣。

彼此並干名教罪，罪猶不逮謂斯人。〈題淮陰侯廟〉十首之四

韓信事劉原不叛，蕭何惑漢竟生疑。

當初若聽蒯通語，高祖功名未可知。〈題淮陰侯廟〉十首之五

雖則有才兼有智，存亡進退處非真。

五湖依舊煙波在，范蠡無人繼後塵。〈題淮陰侯廟〉十首之六

若非韓信難除項，不得蕭何莫制韓。

天下須知無一手，苟非高祖用蕭難。〈題淮陰侯廟〉十首之七

漢家基定議功勳，異姓封王有五人。
不似淮陰最雄傑，敢教根固又生秦。〈題淮陰侯廟〉十首之八

韓信特功前慮寡，漢皇負德尚權安。
幽囚必欲擒來斬，固要加諸甚不難。〈題淮陰侯廟〉十首之九

若履暴榮須暴辱，既經多喜必多憂。
功成能讓封王印，世世長爲列土侯。〈題淮陰侯廟〉十首之十

漢室開基第一功，善哉能始又能終。
直疑後日赤松子，便是當年黃石公。

用舍隨時無分限，行藏在我有窮通。
古人已死不復見，痛惜今人少此風。〈讀張子房傳吟〉卷十六

滅項興劉如覆手，絕秦昌漢若更棋。
卷舒天下坐籌日，鍛鍊心源辟穀時。

黃石公傳皆是用，赤松子伴更何爲。
如君子業求其比，今古相望不記誰。　　　〈題留侯廟〉卷二

強秦失御血橫流，天下求君君不肯。
正是英雄較逐時，未知鹿入何人手。　　〈題四皓廟〉四首之一

灞上眞人既已翔，四人相顧都無語。
徐云天命自有歸，不若追蹤巢與許。　　〈題四皓廟〉四首之二

漢皇傲物終難屈，太子卑辭方肯出。
雖老猶能成大功，至今高義如星日。　　〈題四皓廟〉四首之三

田橫入海猶能得，商至長安百里強。
能使四人成美節，始知高祖是眞王。　　〈題四皓廟〉四首之四

　　英雄、君子、賢才都是在與時間競賽，惜時變成邵雍最珍視的事，
每一朝代的君王，未能及時施政，每一英雄、君子、賢才未能把握調
鼎的才華，俱是可惜。君臣相處之際，往往有少正卯之類的小人，不
僅顛倒是非，且以紫亂朱，混淆視聽，亂法亂紀，所以不論君臣皆應
慎言天下事。詩人對於君子的濟世條件很特別，他說：「既有恩情且
無怨怒，既有憎嫌且無思慕。」很簡明的提出君子進退舍用之道。君

子如能在位則有恩無怨，如被嫌憎則速去不回頭，這種思想可能受到師承祖師陳搏道家行徑的影響。

　　堯夫非是愛吟詩，詩是堯夫重惜時。
　　西晉浮誇時可歎，南梁崇尚事堪悲。
　　仲尼豈欲輕辭魯，孟子何嘗便去齊，
　　儀鳳不來人老去。堯夫非是愛吟詩。〈首尾吟之六七〉卷二十
　　堯夫非是愛吟詩，詩是堯夫憑式時。
　　亂法奈何非獨古，措刑安得見於茲。
　　當時既有少正卯，今日寧無孔仲尼，
　　時世不同人一也。堯夫非是愛吟詩。
　　　　　　　　　　　　　　　　〈首尾吟之一一五〉卷二十

　　堯夫非是愛吟詩，詩是堯夫用畜時。
　　史籍始終明治亂，經書表裏見安危。
　　庖犧可作三才主，孔子當爲萬世師，
　　不止前言與往行。堯夫非是愛吟詩。〈首尾吟之九七〉卷二十
　　堯夫非是愛吟詩，詩是堯夫重惜時。
　　爭向偽時須便信，奈何眞處卻生疑。
　　既稱有客告曾子，豈爲無人毀仲尼。
　　父子君臣獨未免，堯夫非是愛吟詩。
　　　　　　　　　　　　　　　　〈首尾吟之一○九〉卷二十

　　請將調鼎問于君，調鼎功夫敢預聞，
　　只有鹽梅難盡善，豈無薑桂助爲辛，
　　和羹必欲須求美，眾口如何便得均，
　　　　　　慎勿輕言天下事，伊周殊不是庸人。〈問調鼎〉卷十四
　　何者爲君子，君子固可脩。是知君子途，使人從之遊。
　　興義不與利，記恩不記讎；揚善不揚惡，主喜不主憂。
　　　　　　　　　　　　　　　　　　　　〈君子行〉卷十三
　　君子知人出于知，小知人出于私。
　　出于知，則同乎理者謂之是，異乎理者謂之非。

出于私，則同乎己者謂之是，異乎己者謂之非。

〈知人吟〉卷十七

君子之去亦如其來，小人之來亦如其去；

既有恩情且無怨怒，既有憎嫌且無思慕。　〈君子吟〉卷十七

綜合上述，可以除了可以看出邵雍史學觀點中見到人格特質、濟世內聖外王之學外，更可以了解邵雍嚮往聖人在世和輔臣有爲有守的仁愛思想，厭惡世人蠅頭逐利與兵家之詭詐，這可能與宋朝國力始終積弱不振，忠賢受讒英雄末路等現象，應有無限感慨和干係者也。

附錄四：邵雍詩所涵書藝的思想

一、宋人以爲邵雍書法以遒勁取勝

　　宋人范祖禹晚出邵雍三十年，朱熹晚出邵雍近六十年，二人均親見邵氏的書法眞蹟。范氏說邵雍書法以遒勁爲勝，[註1]朱氏說康節書法足以模範一世，[註2]這二位賢人何以如此誇讚邵雍的書法？邵雍的書法究竟有何風格？且就《擊壤集》邵氏自云的部分作一探索，加上諸書所見所評匯合觀察，希望得一客觀結果。

　　宋人書法大抵以意爲之、率意而爲、自由揮灑，這種風格，很像是專爲邵堯夫的書法作詮釋的。北宋四大書法家，首位是蔡君謨，與邵堯夫同一個時代同一個時期，但是蔡氏效法唐人的風味較重，所以宋人率意心畫之風，恐怕多半還是邵雍起創的多，只是邵氏以易學名家不是以書法名家，因而法帖保留極少，世人多半不識而評論未詳。

〔註 1〕 范祖禹，《范太史集》《四庫全書本》卷十七，頁 8，「跋向子諲家邵康節戒子孫文」，台灣商務印書館，台北，民國 75 年初版。原文：「康節先生心聲正，大可以銘盤。心畫遒勁，可以貫隼。蘇林公寶藏以示子孫，厥有旨哉。淳熙戊戌十月一二日觀於擒文堂。」
〔註 2〕 朱熹，《朱文公文集》卷八十三，頁 16，「書邵康節誡子孫眞蹟後」（四部叢刊大本原式精印本），台灣商務印書館，台北，民國 75 年初版。原文：「右蘇林向氏所藏，康節先生誡子孫之文也。熹嘗從故友劉子澄得其摹本，刻石廬山白鹿精舍，今乃獲睹其眞格言，心畫模範一世。……」

二、邵雍書法的技巧

《擊壤集》是邵雍畢生「心話」的縮影，其中不乏對於書法的看法、用筆的技巧，以及所造成的韻味、風格的自剖，綜其所謂，自可成為邵雍書法觀點的註腳。茲就《擊壤集》所見析義如後：

（一）狂書大字氣勢足

邵雍書法喜用大字表達。通常是飲酒微酣，一邊吟詩創作，一邊撩筆大書，書法與詩酒齊飛。由於邵雍善於修心養性，寫字的心情暢快，以致所書必然狂放快志。既然喜寫大字，字究竟大到如何？從詩句「筆如椽」可以想像毛筆好似椽柱般粗大，再從「書字如車輪」可以想像字類「巨浪銀山立，風檣百尺餘」的大氣魄。如要寫大如車輪、巨浪、風檣的字定要懸臂運千鈞之力，其氣勢無與倫比。對於常閉戶而居的邵堯夫而言，寫字時間恐怕是他的最佳運動時間。

> 詩成大字書，意快有誰如？巨浪銀山立，風檣百尺餘。
> 〈大筆吟之一〉，卷十一

> 酒喜小盃飲，詩快大字書。不如人世上，此樂更誰如。
> 〈大筆吟之二〉，卷十一

> 憶昔初書大字時，學人飲酒與吟詩。
> 苟非益友推金石，四十五年成一非。　〈憶昔吟〉，卷十二
> 書用大筆，出乘小車。……　　　　〈小車吟〉，卷十四
> 也知此片好田地，消得堯夫筆似椽。
> 〈天津敝居蒙諸公共為成買作詩以謝〉，卷十三

> 盆池資吟，竅牖薦睡，小車賞心，大筆快志。
> 〈安樂吟〉，卷十四

> 忍不用大筆，書字如車輪。三千有餘首，布為天下春。
> 〈詩史吟〉，卷十八

> 尋芳更用小車去，得句仍將大筆麾。
> 〈首尾吟之一一八〉，卷二十

> 早是小詩無檢束，那堪大字更狂迷。
> 〈首尾吟之一二四〉，卷二十

（二）愛用大筆巨硯

書寫大字得配合大筆巨硯，方能墨酣淋漓。剛健之筆筠管直長自是好筆，但不必全求之於兔毫。兔毫、狼毫是所謂勁毫，宋以前多用之。羊毫在宋才開始大量開發使用，是屬於柔毫。其實字的勁健多來自作者的運筆方式，與筆的剛柔雖有干係，但不是很大。一般而言，寫大字非用羊毫不可，蓋毛長筆壯運握勢足之故。至於兔毫、狼毫因爲毛短不易製作大筆使用。邵堯夫善書大字，自然必須配合大筆巨硯大紙才能痛快施展。

愛重寄文房，慇勤謝遠將。兔毫剛且健，筠管直而長。

〈謝人惠筆〉，卷四

剪斷白雲根，分破蒼岑角。既爲之巨硯，遂登于綸閣。

水貯見溫潤，墨發知瀺濯。窗下喜鑑開，案前驚月落。

……須是筆如椽，方能無厚怍。

〈王勝之諫議見惠……內有巨硯……〉，卷十四

大字寫詩酬素志，小盃斟酒發酡顏。

春雷驚起千年蟄，筆下蒼龍自往還。　〈老去吟〉，卷十七

句到驚人大筆麾　〈首尾吟之二十八〉，卷二十

得句仍將大筆麾　〈首尾吟之一一八〉，卷二十

（三）行筆的態度自然審慎

邵堯夫的行筆態度極自然而審愼，多有試筆、試墨、試硯的動作，表示對書寫工具能細心體認和鑑定。他不刻意潤色詩歌，自也不會故意潤色書法。從臂痛不廢書的態度看來，他是無日不書，無日不在鍛鍊書藝的。邵堯夫的詩歌是中之中和者，至於書藝的「氣和神逸」恐怕也是邵堯夫一生追求的最高境界吧。

今日我們看不到邵雍書法的眞蹟，但在邵氏哲嗣邵伯溫的邵氏《聞見前錄》所載司馬光喜愛邵雍安樂窩一詩「半記不記夢覺後，似愁無愁情倦時，擁衾側臥未欲起，簾外落花撩亂飛」而商請邵雍書於

紙簾上，字畫奇古，爲人寶之。﹝註3﹞又載時人王荀龍出示韓琦親書
送行詩於邵雍，係顏體大書，極奇偉。此舉竟惹引邵雍回憶起幼時習
大字的情形，﹝註4﹞好似邵雍就是以顏體爲基本功夫。然而壯健飛豪
是邵雍書藝的基調，顏楷字平整，非如行書可飛揚跋扈，如此邵雍書
法或如顏眞卿祭姪稿一類，以沈穩的楷書爲主幹，並配合暢快的行書
而奔放吧！

　　　　寫字吟詩爲潤色　　　　　　　　〈首尾吟之五十四〉，卷二十

　　　　老苦頭風已病軀，新添臂痛又何如？……雖廢梳頭未廢書。
　　　　　　　　　　　　　　　　　　　　　　〈臂痛吟〉，卷十一

　　　　所得之懷，盡賦于筆。意遠情融，氣和神逸。
　　　　　　　　　　　　　　　　　　　　　　〈大筆吟〉，卷十四

　　　　行筆因調性，成詩爲寫心。　　　　　〈無苦吟〉，卷十七

　　　　風月煎催親筆硯，鶯花引惹傍樽罍。
　　　　　　　　　　　　　　　　　　〈安樂窩中好打乖吟〉，卷九

　　　　尺寸光陰須愛惜，分毫頭角莫矜馳。
　　　　　　　　　　　　　　　　　　〈首尾吟之二十八〉，卷二十

　　　　一筆寫成還抹了　　　　　　　　　〈首尾吟之一一七〉，卷二十

三、邵雍書法的韻味

（一）靜的美感

　　由於動靜相遞，方能氣息流通，所以不論藝術家也好，運動者也
好，都知道「靜如處子，動如兔脫」的最佳意境。邵堯夫的行事爲人
都以沈潛爲尚，實際上並非不想有所作爲，只是時局不適合他這種人

────────────

〔註3〕邵伯溫，《河南邵氏聞見前錄》卷十八，頁13，廣文書局，台北，民
　　　國59年初版。原文：「康節有〈安樂窩〉中詩云：『半記不記夢覺後……』
　　　公愛之（定國案公指司馬光），請書紙簾上，字畫奇古，某家世寶之。」
〔註4〕邵雍，《擊壤集》（四庫全書本）卷十二，憶昔吟：「憶昔初書大字時，
　　　學人飲酒與吟詩。苟非益友推金石，四十五年成一非。」，台灣商務
　　　印書館，台北，民國75年初版。

才的展現，這一點在書法也能表現出安適靜穩的一面吧！

　　靜錄新詩稿，閒抄舊藥方。　　　　　　　〈謝人惠筆〉，卷四

　　常觀靜處光陰好，亦恐閒時思慮多。　　　〈試硯〉，卷十四

（二）書藝壯健、飛豪、沈穩

　　邵堯夫以痛快淋漓的精神來表達他的書法有壯健、飛豪、沈穩的韻味。我們文後所引用的資料顯示，他風趣的寫詩。得意的時候，如李白、東坡般的起舞弄清影，飛舞著睥睨一切，橫掃千軍的柔筆、大筆，所造成的筆下聲勢，像「南溟萬里鵬初舉，遼海千年鶴乍歸」表現氣勢雄健；像「炭業五千仞華嶽，汪洋十萬頃黃陂」表達壯烈渾闊；這些都足以素描邵堯夫書法的壯健、飛豪。至於談到他的沈穩，則非是一般書家所能注意的。他在大筆吟的詩中說到運筆時讓「三千簪裾，俯循儒術。百萬貔貅，仰聽軍律。松桂成林，芝蘭滿室。」這些都是運筆寫心仔細沈穩的表現，在順筆逆筆之間有規矩，在布局錯落之間有城府，使他處於飛豪壯健之餘而不失沈穩老練，不致於落到一瀉不收的境地。

　　宋代姚勉《雪坡集》卷四十一云：「邵子嘗大書檢束二字於坐右……其字畫莊正，無一筆放縱，其於檢束中得之明矣。」如此識得堯夫用筆沈穩的一面。又朱熹跋邵康節檢束二大字云：「康節先生自言大筆快意而其書蹟謹嚴如此，豈所謂從心所欲而自不踰矩者耶！」〔註5〕這段文字想見邵堯夫行筆的沈穩，在飛豪壯健之間猶有規矩可尋。

　　正得意時常起舞，到麾毫處輒能飛。

　　南溟萬里鵬初舉，遼海千年鶴乍歸。〈首尾吟之十七〉，卷二十

　　堯夫筆逸時。蒼海有神搜鯨鯢，陸沉無人藏蛟螭。

　　炭業五千仞華嶽，汪洋十萬頃黃陂。都與收來入近題，……

　　　　　　　　　　　　　　　　　〈首尾吟之十八〉，卷二十

　　大字寫詩誇壯健　　　　　　　〈安樂窩中吟之十二〉，卷十

〔註5〕朱熹，《朱文公文集》卷八十三頁24，「跋邵康節檢束二大字」（四部叢刊大本原式精印本），初版，台灣商務印書館，台北，民國75年初版。

豪狀詩將大字書　　　　　　　　　　〈安樂窩中吟之十三〉，卷十

胸中日月時舒慘，筆下風雲旋合離。

　　　　　　　　　　　　　　　　　　〈答李希淳屯田之三〉，卷十一

足躡天根，手探月窟。所得之懷，盡賦于筆……如風之卒，
如雲之勃。如電之烋，如雨之密。或往或還，或沒或出。
滌盪氣埃，廓開天日。鸞鳳翔翔，龍蛇盤屈。春葩喧妍，
秋山崒屼。三千簪裾，俯循儒術。百萬貔貅，仰聽軍律。
松桂成林，芝蘭滿室。……物外神交，人間事畢。觀者析
醒，收之愈疾。　　　　　　　　　　　　　　〈大筆吟〉，卷十四

（三）詩、書、酒三體一如的韻味

　　詩人邵雍喜用小樽、小盃、小盞飲酒，酒不喜貪多只放任微醺，
往往至臉頰酡紅爲適度，故飲來歡喜，不亂人性，不妨詩情，一有詩
興，便快心、快志、快筆，寫出詩的難狀意，寫出筆下風雲，暉映瓊
玖。所以酒乃邵雍寫詩、寫字的催化劑，三者融成一體，配上邵堯夫
的仙家隱士人格，構成風月情懷瀟灑的書藝韻味。

窗晴氣和暖，酒美手柔軟。興逸情撩亂，筆落春花爛。

　　　　　　　　　　　　　　　　　　　　　　　〈筆興吟〉，卷十九

輕醇酒用小盞飲，豪壯詩將大字書。

　　　　　　　　　　　　　　　　　　〈安樂窩中吟之十三〉，卷十

未老秋光詩擁筆，乍涼天氣酒盈盃。〈依韻答安之少卿〉，卷十

詩逢得意便操觚。……快心亦恐詩拘束，更把狂詩大字書。

　　　　　　　　　　　　　　　　　　　　　　　〈答客吟〉，卷十一

四、邵雍書法的風格

（一）馳騁創造性的想像世界

　　邵雍的詩都是在半醉陶陶情境中創作完成。作詩的過程就是馳騁
想像的過程，然而詩轉換成書法作品則是更一個創造想像的空間。二
者之間容有情境相同相因的關係，但是在時空的布置上，仍需再一次

發揮不同的想像力。邵堯夫在這一方面好似毫不費力的結合二者蘊成
創作前後的階段，而能成就於統一的想像世界。

　　書法是空間造型藝術，寫詩是想像中的空間造型藝術，二者創作
方式在心靈上類似，在外現上完全相左，所以邵雍說：「儘得意時仍
放手，到凝情處略濡毫。」正是解釋意象的布置技巧。而邵堯夫又說：
「……大篇成處若神交；天馬無蹤周八極，……」確是融合詩歌、書
法想像世界的成績。

> 詩成半醉正陶陶，更用如椽大筆抄。
> 儘得意時仍放手，到凝情處略濡毫。　　〈大字吟〉，卷十一
> 逸句得時如虎變，大篇成處若神交。……
> 天馬無蹤周八極，但臨風月鐙相獻。　　〈逸書吟〉，卷十一
> 詩狂書更逸，近歲不勝多。　　〈借出詩〉，卷十七
> 詩揚心造化，筆發性園林。　　〈無苦吟〉，卷十七
> 早是小詩無檢束，那堪大字更狂迷。
> 　　　　　　　　　　　　　〈首尾吟之一二四〉，卷二十

（二）重視靈性精神面的昇華

　　藝術的美具有強烈的愉悅感和真實性，二者合而為一，使得藝術
的精神面能夠展露。如果有故意扭曲的，憂鬱的藝術作品，自然也是
有它的存在價值，但是書法的藝術表達，仍是貴以真實、暢快、流利
為宜的。邵堯夫性情上是具有風月情懷，個性又略帶江湖性氣，[註6]
平常樂於聞見善人善事，舉措也都溫柔善意，所以做個快活人，表現
快活書法，本是他靈性精神生活的昇華。

> 人生所貴有精神，即有精神卻不淳。
> 弄假像真終是假，將勤補拙總輸勤。　　〈弄筆吟〉，卷九
> 千端蜀錦新番樣，萬樹春華暖弄梢。

〔註6〕邵雍，《擊壤集》（四庫全書本）卷十四安樂吟：「安樂先生，不顯姓
　　　　氏；垂三十年，居洛之涘。風月情懷，江湖性氣。……樂見善人，
　　　　樂聞善事；樂道善言，樂行善意。……」。

天馬無蹤周八極，但臨風月鐙相獻。　　〈逸書吟〉，卷十一

詩成大字書，意快有誰如。　　　　　　〈大筆吟之一〉，卷十一

心在人軀號太陽，能於事上發輝光。

如何皎日照八表，得似靈臺高一方。　　〈試筆〉，卷十四

寫出太平難狀意，任它天下頌功勞。　　〈大字吟〉，卷十一

世間大有平田地，因甚須由捷徑過。　　〈試硯〉，卷十四

氣吐胸中，充塞宇宙。筆落人間，

暉映瓊玖。人能知止，以退爲茂；

我自不出，何退之有？　　　　　　　　〈老去吟〉，卷十七

（三）意遠情融，氣和神逸的仙家氣象

邵雍自述弄筆的最高境界在於「貴有精神」。因此尋找他運筆的原則，如「莫得之凌」求筆暢，「舉大須略細」求其運用往復自然，「三千簪裾，俯循儒術；百萬貔貅，仰聽軍律。」求其行筆之謹慎，最後達到「興逸情撩亂，筆落春花爛。」則情意相融，又「觀者析醒，收之愈疾。」則尤具有氣和神逸的仙家氣象。

人生所貴有精神……　　　　　　　　　〈弄筆吟〉，卷九

所交若以道，所感若以誠；雖三筆在前，而莫得之凌。

　　　　　　　　　　　　　　　　　　〈答人書意〉，卷四

求全自有毀，舉大須略細。　　　　　　〈答人書言〉，卷四

不忮不求，無固無必。足躡天根，手探月窟。

所得之懷，盡賦於筆。意遠情融，氣和神逸。

　　　　　　　　　　　　　　　　　　〈大筆吟〉，卷十四

窗晴氣和暖，酒美手柔軟。興逸情憭亂，筆落春花爛。

　　　　　　　　　　　　　　　　　　〈筆興吟〉，卷十九

五、瞑目神遊邵雍法帖的丰神

近翻閱〈鳳墅法帖，續帖〉目錄，見〈續帖〉，卷二有康節〈逢春吟〉，是邵雍真蹟被刻石成帖者，然而〈鳳墅法帖，續帖〉各二十

卷，早已散佚，雖有部份殘帖傳世，但似乎邵雍法書並不在內，〔註7〕，令人遺憾也。雖然如此，宋魏了翁〈鶴山題跋〉，卷三有「跋邵康節逢春詩」；卷四有「跋康節先生答富韓公束」、「跋康節與韓康公唱和詩」、「跋康節詩」；卷五有「跋邵康節檢束二大字」等，凡此墨蹟斑爛，足證邵雍法書來歷分明，然而今日法帖散佚，總有不見眞蹟的遺憾存焉。

我們雖然未能見到邵雍法書的眞蹟，但是仍可以看到北宋同一時期蔡君謨傳世的法帖，當時人並無將二人共論的地方，可見邵雍的書法絕對有他自己的風格，這種風格的形成，與他因道家出身有仙家風骨個性又灑脫無欲有極大的關係。綜上所述，昔人已邈，邵堯夫書法的丰神，恐怕只有從《擊壤集》詩中尋尋覓覓，我們若瞑目神遊容能思得萬分之一、二，但仍覺得殊爲可惜可恨事情也。

詩、書、酒融成邵雍詩感性的風格，而在詩人書法之中猶有豪氣干雲的志氣存焉。張潮於《幽夢影》文中曰：「胸中小不平，可以酒消之，世間大不平，非劍不能也。」大筆乃邵雍之劍也，詩人在〈首尾吟〉最後一首即云：「……詩是堯夫詫劍時。當鍛煉時分勁節，到磨礱處發光輝。……」，即以劍爲喻，不知詩人的大不平是否表達其生平未能康濟世人之遺憾呢？

〔註7〕容庚，《叢帖目》第三冊頁950，倒4行，記載《貸園叢書》《咫進齋叢書》，上海市文物保管委員會皆有殘本收藏，但不見《續帖》第二卷，該卷係刻邵雍〈逢春吟〉。

參考書目舉要

一、版　本

1. 《擊壤集》二十卷附集外詩，邵雍，四庫全書本，台北，台灣商務印書館印行。

2. 《伊川擊壤集》二十卷附集外詩，邵雍，四部叢刊明成化畢亨刊本，台北，台灣商務印書館印行。

3. 《邵雍詩》二十卷含集外詩，邵雍，全宋詩本，北京，北京大學出版社出版。

4. 《伊川擊壤集》二十卷，邵雍，正統道藏本，台北，新文豐公司出版。

5. 《伊川擊壤集》附集外詩，邵雍，明文靖書院本，叢書集成續篇一六五冊，台北，新文豐公司出版。

6. 《伊川擊壤集》二十卷附集外詩，邵雍，朝鮮舊刊本，台北，國家圖書館善本室。

7. 《伊川擊壤集》十卷附集外詩，邵雍，明吳翰等注，清康熙八年邵養貞刊本，台北，國家圖書館善本室。

8. 《伊川擊壤集》二十卷附集外詩，邵雍，南宋末期建刊本，卷十抄配，台北，國家圖書館善本室。

9. 《伊川擊壤集》二十卷附集外詩，邵雍（清黃丕烈、孫原湘、胡靜之、錢天樹、邵淵耀、丁白曾手書題跋），南宋建刊本配補元刊及鈔本，台北，國家圖書館善本室。

10. 《伊川擊壤集》二十卷附集外詩（缺一至三卷），邵雍，南宋建刊本配補元刊本仍缺三卷，台北，國家圖書館善本室。

11. 《伊川擊壤集》二十卷，邵雍，元刻本，群碧樓居士鄧邦述有手書題記，台北，中研院史語所善本室。

12. 《伊川擊壤集》二十卷附集外詩，邵雍（近人徐鈞、徐鴻寶手跋），明初仿宋刊十行本，台北，國家圖書館善本室。

13. 《伊川擊壤集》二十卷附集外詩，邵雍，清康熙甲子虞山毛扆影元手鈔本，台北，國家圖書館善本室。

14. 《安樂窩吟》一卷，邵雍，兩宋名賢小集本，台北，國家圖書館善本室。

二、詩文評

1. 《深雪偶談》，（宋）方岳，《古今詩話叢編》，台北，廣文書局，民國 60 年初版。

2. 《清詩話》，（清）王夫之等撰（丁福保編），台北，明倫書局，民國 60 年 12 月初版。

3. 《人間詞話》，（民）王國維，台北，弘道文化事業公司，民國 70 年 12 月再版。

4. 《文藝美學》，（民）王夢鷗，台北，遠行出版社，民國 65 年 5 月再版。

5. 《古歡堂集》，（清）田雯，《清詩話續編》，台北，藝文印書館，民國 74 年。

6. 《文藝心理學》，（民）朱光潛，台北，台灣開明書局，民國 61 年 10 月台五版。

7. 《詩論》，（民）朱光潛，台北，漢京文化公司，民國 71 年 12 月初版。

8. 《談文學》，（民）朱光潛，台北，弘道文化事業公司，民國 75 年 10 月初版。

9. 《歷代詩話》，（清）何文煥，台北，漢京文化公司，民國 72 年 1 月初組。

10. 《餘冬詩話》，（明）何孟春，《古今詩話叢編》，台北，廣文書局，民國 60 年初版。

11. 《歷代詩話》（宋詩部分），（清）吳景旭，台北，世界書局，民國 68 年 6 月三版。

12. 《懷麓堂詩話》，（明）李東陽，《續歷代詩話》，台北，藝文印書館，民國 72 年 6 月四版。

13. 《越縵堂詩話》，（清）李慈銘，台北，新文豐出版公司印行，民國

76 年 6 月台一版。

14. 《詩學》,（民）杜國清譯（西協順三郎），台北,田園出版社,民國 58 年 12 月初版。

15. 《詩話總龜》,（宋）阮一閱,台北,廣文書局,民國 62 年 9 月初版。

16. 《談藝錄導讀》,（民）周振甫等編,台北,洪葉文化事業公司,民國 84 年初版一刷。

17. 《宋代詩學通論》,（民）周裕鍇,成都,巴蜀書社,1997 年第一版。

18. 《射鷹樓詩話》,（清）林昌彝輯,台北,新文豐出版公司印行,民國 76 年 6 月台一版。

19. 《詩藪》,（明）胡應麟,台北,廣文書局,民國 62 年 9 月初版。

20. 《詞話叢編》,（民）唐圭璋,台北,新文豐出版公司印行,民國 77 年台一版。

21. 《中國詩學通論》,（民）袁行霈,合肥,安徽教育出版社,1994 年第一版。

22. 《宋代文學史》上下,（民）孫望等編,北京,人民文學出版社,1996 年第一版。

23. 《陶淵明詩選註》,（宋）徐巍選注,台北,源流出版社,民國 71 年 10 月初版。

24. 《東泉詩話》,（清）馬星翼,台北,新文豐出版公司印行,民國 76 年 6 月台一版。

25. 《邵雍詩研究》,（民）張健,《文學評論》第五集,台北,天華書局,民國 67 年初版。

26. 《宋詩之新變與代雄》,（民）張高評,台北,洪葉文化公司,民國 84 年初版。

27. 《宋詩別裁》,（清）張景星選,《人人文庫》,台北,台灣商務印書館,民國 67 年 1 月台一版。

28. 《絸齋詩談》,（清）張謙宜,《清詩話續編》,台北,藝文印書館,民國 74 年。

29. 《十二石山齋詩話》,（清）梁九圖,台北,新文豐出版公司印行,民國 76 年 6 月台一版。

30. 《現代詩淺說》,（民）陳千武,台中,學人文化事業公司,民國 68 年初版。

31. 《宋詩紀事補遺》,（清）陸心源輯,台北,鼎文書局,民國 60 年 9 月初版。

32. 《中國詩學》，（民）程兆熊，東方人文學會叢書，香港，鵝湖書屋，民國 52 年 6 月初版。

33. 《論現代詩》，（民）覃子豪，台中，曾文出版社，民國 66 年初版。

34. 《中國文學概說》，（民）隋樹森譯（青木正兒），台北，莊嚴出版社，民國 70 年 9 月初版。

35. 《野鴻詩的》，（清）黃子雲，《清詩話》，台北，明倫出版社，民國 60 年初版。

36. 《宋代詩學中的晚唐觀》，（民）黃奕珍，台北，文津出版社，民國 87 年初版。

37. 《名家詩法》，（明）黃省曾，台北，廣文書局，民國 62 年初版。

38. 《歐梅蘇與宋詩的形成》，（民）黃美鈴，台北，文津出版社，民國 87 年初版。

39. 《中國詩學》四冊，（民）黃師永武，台北，巨流圖書公司，民國 68 年 4 月一版一刷。

40. 《詩林散步》，（民）黃師永武，台北，九歌出版社，民國 78 年初版。

41. 《詩與美》，（民）黃師永武，台北，洪範書店，民國 74 年三版。

42. 《宋詩論文選輯》，（民）黃師永武等，高雄，復文出版社，民國 77 年初版。

43. 《作詩體要》，（明）楊良弼，台北，廣文書局，民國 62 年初版。

44. 《詩譚》，（明）葉廷秀，台北，廣文書局，民國 62 年初版。

45. 《王國維及其文學批評》，（民）葉嘉瑩，台北，桂冠圖書公司，民國 81 年 4 月初版。

46. 《甌北詩話》，（清）趙翼，《清詩話續編》，台北，藝文印書館，民國 74 年。

47. 《宋詩縱橫》，（民）趙仁珪，北京，中華書局出版，1994 年一版一刷。

48. 《東橋說詩》，（民）劉榮生，台北，文史哲出版社，民國 87 年初版。

49. 《藝概》，（清）劉熙載，台北，漢京文化事業公司，民國 74 年初版。

50. 《宋元詩社研究叢稿》，（民）歐陽光，廣東，高等教育出版社，1996 年第一版。

51. 《古今詩話》，（明）稽留山樵，台北，廣文書局，民國 62 年 9 月初版。

52. 《邵雍詩心》，（民）鄭定國，雲林，雲院書城，民國 87 年初版。

53. 《宋詩概說》，（民）鄭清茂譯（吉川幸次郎），台北，聯經出版社，

民國 77 年 9 月四刷。

54. 《宋明理學概述》，（民）錢穆，《錢賓四全集》，台北，聯經出版社，民國 88 年初版。

55. 《理學六家詩鈔》，（民）錢穆，《錢賓四全集》，台北，聯經出版社，民國 88 年初版。

56. 《宋詩選註》，（民）錢鍾書，台北，新文豐出版公司，民國 78 年台一版。

57. 《談藝錄》，（民）錢鍾書，北京，中華書局，1993 年 3 月。

58. 《北宋四大家理趣詩研究》，（民）鍾美玲，台北，文津出版社，民國 85 年初版。

59. 《詩人玉屑》，（宋）魏慶之，台北，九思出版公司，民國 67 年 11 月台一版。

60. 《詩人之燈》，（民）羅青，台北，東大公司，民國 81 年初版。

三、總集、選集及專著

1. 《王荊公詩》，（宋）王安石（李壁注、沈欽韓補正），台北，鼎文書局，民國 68 年 9 月初版。

2. 《白居易集》，（唐）白居易，台北，漢京文化公司，民國 73 年 3 月初版。

3. 《晦庵集》，（宋）朱熹，《四庫全書》，台北，台灣商務印書館，民國 75 年 3 月初版。

4. 《邵子易學》，（民）吳康，人人文庫本，台北，台灣商務印書館，民國 58 年 1 月初版。

5. 《皇極經世書》，（宋）邵雍，台北，廣文書局，民國 77 年 7 月初版。

6. 《皇極經世鈐》，（宋）邵雍，台北，廣文書局，民國 77 年 7 月初版。

7. 《仁山集》，（宋）金履祥，《叢書集成新編六四冊》，民國 75 年 1 月台一版。

8. 《雪坡集》，（宋）姚勉，《四庫全書第一一八四冊》，台北，台灣商務印書館，民國 75 年。

9. 《范太史集》，（宋）范祖禹，《四庫全書第一一〇〇冊》，台北，台灣商務印書館，民國 75 年。

10. 《邵雍研究》，（民）徐紀芳，台北，中國文化大學博士論文，民國 83 年 12 月。

11. 《景迂生集》，（宋）晁說之，《四庫全書第一一一八冊》，台北，台灣商務印書館，民國 75 年。

12. 《南軒集》，（宋）張栻，《四庫全書第一一六七冊》，台北，台灣商務印書館，民國 75 年。

13. 《全唐詩》，（清）清聖祖御編，台北，盤庚出版，民國 68 年 2 月一版。

14. 《中國歷代思想家·邵雍篇》，（民）陳郁夫，中華文化復興運動推委會主編，台北，台灣商務印書館，民國 76 年三版。

15. 《陳寅恪全集》，（民）陳寅恪，台北，九思出版社，民國 66 年修訂三版。

16. 《邵康節觀物內篇的研究》，（民）趙玲玲，台北，嘉新水泥公司文化基金會研究論文第二五七種，民國 62 年 4 月。

17. 《靜修集》，（宋）劉因，《四庫全書第一一九八冊》，台北，台灣商務印書館，民國 75 年。

18. 《栟櫚集》，（宋）鄧肅，《四庫全書第一一三三冊》，台北，台灣商務印書館，民國 75 年。

19. 《李善注昭明文選》，（梁）蕭統，台北，文化圖書公司，民國 62 年一版。

20. 《鶴山先生大全文集》，（宋）魏了翁，《四庫全書第一一七二、一一七三冊》，台北，台灣商務印書館，民國 75 年。

21. 《鶴山題跋》，（宋）魏了翁，《叢書集成新編五一冊》，台北，新文豐出版公司，民國 75 年 1 月台一版。

22. 《五百家注昌黎文集》，（宋）魏仲舉編，《四庫全書》，台北，台灣商務印書館，民國 72 年 10 月初版。

23. 《中國文論選》中冊，（宋）顧俊編，台北，木鐸出版社，民國 69 年 3 月一版。

四、史　學

1. 《宋人軼事彙編》，（民）丁傳靖輯，台北，台灣商務印書館，民國 71 年 9 月台二版。

2. 《東都事略》，（宋）王稱，《四庫全書第三八二冊》，台北，台灣商務印書館，民國 75 年。

3. 《宋人傳記資料索引》，（民）王德毅編，台北，鼎文書局，民國 73 年 4 月增二版。

4. 《伊洛淵源錄》，（宋）朱熹，《四庫全書第四四八冊》，台北，台灣商務印書館，民國 75 年。

5. 《宋代社會研究》，（民）朱瑞熙，台北，弘文館出版社，民國 75 年

4 月初版。

6. 《宋名臣言行錄外集》，（宋）李幼武纂，《四庫全書第四四九冊》，台北，台灣商務印書館，民國 75 年。

7. 《名臣碑傳琬琰之集》，（宋）杜大珪編，《四庫全書第四五〇冊》，台北，台灣商務印書館，民國 75 年。

8. 《河南邵氏聞見前錄》，（宋）邵伯溫，台北，廣文書局，民國 59 年 12 月初版。

9. 《河南邵氏聞見後錄》，（宋）邵博，台北，廣文書局，民國 59 年 12 月初版。

10. 《宋史新編》，（明）柯維騏，台北，新文豐出版公司，民國 63 年 11 月初版。

11. 《宋史新編》，（民）柯維騏編，台北，新文豐出版公司，民國 63 年 11 月初版。

12. 《宋會輯稿》，（清）徐松纂輯，台北，新文豐出版公司，民國 65 年 10 月初版。

13. 《宋史》，（元）脫脫等，台北，鼎文書局，民國 72 年 11 月三版。

14. 《宋詩史》，（民）許總，四川，重慶出版社，1997 年第一版二刷。

15. 《中國文學批評史》，（民）郭紹虞，台北，文光出版社，民國 62 年 9 月初版。

16. 《文學史》第三輯，（民）陳平原編，北京，大學出版社，1996 年第一版。

17. 《直齋書錄解題》，（宋）陳振孫，《四庫全書》，台北，台灣商務印書館，民國 75 年 3 月初版。

18. 《邵康節先生外紀》，（明）陳繼儒輯，《叢書集成新編一〇二冊》，台北，新文豐出版公司，民國 75 年。

19. 《兩宋文學史》，（民）程千帆等，上海，古籍出版社，1991 年第一版。

20. 《書史會要》，（明）陶宗儀，《四庫全書第八一四冊》，台北，台灣商務印書館，民國 75 年。

21. 《中國文學理論批評史》，（民）敏澤，吉林，教育出版社，1991 年第一版。

22. 《中國哲學史》，（民）馮友蘭，台北，明倫出版社。

23. 《宋元學案補遺》，（清）馮雲濠輯（王梓材著），《四明叢書》，台北，新文豐出版公司，民國 77 年 4 月台一版。

24. 《古今紀要》，（宋）黃震，《四庫全書第三八四冊》，台北，台灣商務印書館，民國 75 年。

25. 《洛陽縣志》，（民）黃成助編，《中國方志叢書》四七六冊，台北，成文出版社，民國 65 年台一版。

26. 《宋元學案》，（明）黃宗羲（全祖望補），台北，世界書局，民國 72 年 5 月四版。

27. 《中國政治思想史》，（民）楊幼炯，台北，台灣商務印書館，民國 66 年台四版。

28. 《中國文學史》，（民）葉慶炳，台北，台灣學生書局，民國 86 年 6 月六刷。

29. 《中國文學發達史》，（民）劉大杰，台北，台灣中華書局，民國 62 年 4 月台四版。

30. 《中國文學史》，（民）鄭振鐸，台北，盤庚出版社，民國 67 年 12 月初版。

31. 《宋元詩社研究叢稿》，（民）歐陽光，廣州，廣東高等教育出版社出版，1996 年一版。

32. 《中國文學批評史》，（民）羅根澤，台北，學海出版社，民國 67 年 9 月初版。

33. 《宋金元文學批評》上下冊，（民）顧易生等，上海，古籍出版社，1996 年一版。

五、單篇論文

1. 〈略論阮籍詠懷詩中的象徵〉，（民）方介，台北，《中華文化復興月刊》十八卷 5 期，民國 74 年 5 月。

2. 〈邵雍及其安樂窩批判〉，（民）百泉公社，大陸，《文物》，1976 年第 5 期。

3. 〈邵康節之先天易學〉，（民）吳康，香港，《人生雜誌社》三十一卷 4 期，民國 55 年 8 月。

4. 〈兩宋理學體詩之流別〉，（民）李曰剛，台北，《中國詩季刊》七卷 2 期，民國 65 年 6 月。

5. 〈邵雍及其擊壤集〉附〈邵雍年表〉，（民）李師殿魁，台北，《世界華學季刊》一卷 1 期，民國 69 年 3 月。

6. 〈邵康節學記〉，（民）李霖燦，台北，《中原文獻》十二卷 12 期，民國 69 年 12 月。

7. 〈程伊川哲學研解〉，（民）周世輔，台北，《革命思想月刊社》五卷

2 期，民國 47 年 8 月。

8. 〈洛陽安樂窩〉，（民）林藜，台北，《中原文獻》十卷 11 期，民國 67 年 11 月。

9. 〈理學家與宋代詞論〉，（民）段學儉，台北，《孔孟月刊》第三十七 卷第 6 期，民國 88 年 2 月。

10. 〈朱熹的詩論〉，（民）張健，台北，《大陸雜誌》三十七卷 6 期。

11. 〈道家思想的源流〉上、下，（民）張起鈞，台北，《文化大學文藝 復興雜誌》，民國 73 年 3 月、4 月。

12. 〈從宋詩研究論著類目《宋詩論文選輯》看宋詩研究的方法和趨向〉， （民）張高評，《書目季刊》第二十三卷第 2 期，民國 77 年。

13. 〈邵雍的詩歌理念探析〉，（民）郭玉雯，台北，《台灣大學學報》第 4 期，民國 80 年 6 月。

14. 〈伊川擊壤集板本考〉，（民）陳仕華，台北，《中央圖書館刊》卷二 十五，第 1 期，民國 81 年 6 月。

15. 〈吾愛邵夫子〉，（民）陳郁夫，台北，《中原文獻》九卷 6 期，民國 66 年 6 月。

16. 〈論邵康節的詩〉，（民）陳郁夫，台北，《中華文化復興月刊》二卷 11 期，民國 68 年 2 月。

17. 〈康成子雍為宋明心學導師說〉，（民）章炳麟，《華國月刊》二卷 3 期，25 年 1 月。

18. 〈邵康節的無可主張〉，（民）程兆熊，香港，《人生雜誌社》十卷 6 期，114 號，民國 44 年 8 月。

19. 〈論邵康節的首尾吟及其詩學〉，（民）程兆熊，香港，《新亞書院學 術年刊》12 期，民國 59 年 9 月。

20. 〈北宋儒學的豪傑〉，（民）黃明，台北，《中央月刊》十卷 11 期， 民國 67 年 9 月。

21. 〈邵雍學說概觀〉，（民）黃公偉，台北，《中原文獻》九卷 6 期，民 國 66 年 6 月。

22. 〈宋代是我們的鏡子〉，（民）黃師永武，《中央日報》，民國 82 年 10 月 5 日。

23. 〈理學先鋒邵康節先生〉，（民）黃博仁，台北，《國教世紀雜誌》十 七卷 3 期，民國 70 年 9 月。

24. 〈邵康節的哲學思想〉，（民）黃蘊中，台北，《自由青年雜誌》三九 卷 6 期，民國 57 年 3 月。

25. 〈徑路寬廣的邵雍〉,(民)董金裕,台北,《中原文獻》十一卷 5 期, 民國 68 年 5 月。

26. 〈道家道教對宋明理學本體論形成發展的影響〉,(民)蔡宏,台北, 《孔孟月刊》第三十七卷第 11 期,民國 88 年 7 月。

27. 〈邵雍《擊壤集》命名之探討〉,(民)鄭定國,台北,《鵝湖月刊》 289 期,民國 88 年 7 月。

28. 〈邵雍共城十吟的探究〉,(民)鄭定國,雲林,《科大科技學刊》第 八卷第 3 期,民國 88 年 7 月。

29. 〈邵雍新居成呈劉君玉殿院詩賞析〉,(民)鄭定國,雲林,《雲林科 大雲聲校刊》第 44 期,民國 87 年 11 月。

30. 〈邵雍詩寫竹意象之探討〉,(民)鄭定國,雲林,《科大科技學刊》 第八卷第 2 期,民國 88 年 4 月。

31. 〈邵雍詩境界的探討〉,(民)鄭定國,雲林,《科大科技學刊》第九 卷第 3 期,民國 89 年。

32. 〈邵雍擊壤集略說〉,(民)鄭定國,雲林,《技術學院學報》第五卷 第 2 期,民國 85 年 7 月。

33. 〈邵雍擊壤集詩數考〉,(民)鄭定國,《孔孟月刊》第三一卷第 11 期,民國 82 年 7 月。

34. 〈從邵雍詩看邵雍書法〉,(民)鄭定國,雲林,《科技大學文理通識 學術論壇》第 2 期,民國 88 年 6 月。

35. 〈談邵雍詩中專用語助詞的特色〉,(民)鄭定國,雲林,《技術學院 學報》第六卷第 3 期,民國 86 年 7 月。

36. 〈談邵雍詩以春遊詩一首為例〉,(民)鄭定國,雲林,《科大文理通 識學術論壇》第 1 期,民國 88 年 1 月。

37. 《《詩品、自然》的美學意蘊〉,(民)鄭雪花,台北,《孔孟月刊》 第三十七卷第 9 期,民國 88 年 5 月。

38. 〈試析邵雍「以物觀物」的詩歌理念〉,(民)鄭雪花,台北,《孔孟 月刊》第三十七卷第 5 期,民國 88 年 1 月。

39. 〈宋代理學家的詩〉,(民)謝康,台北,《中原文獻》九卷 5 期,民 國 66 年 5 月。

六、其 他

1. 《書法研究》,(民)王壯為,台北,台灣商務印書館,民國 81 年初 版九刷。

2. 《談美》,(民)朱光潛,台北,弘道文化事業公司,民國 75 年 10

月初版。

3. 《美學》，（民）朱孟實譯（黑格爾），台北，里仁書局，民國 70 年 5 月初版。

4. 《談中國書法》，（民）沈尹默，台北，莊嚴出版社，民國 72 年初版。

5. 《叢帖目》一、二、三冊，（民）容庚，台北，華正書局，民國 73 年初版。

6. 《心理學》，（民）張春興等，台北，三民書局，民國 65 年八修正三版。

7. 《藝術美與欣賞》，（民）戚廷貴，台北，丹青圖書公司，民國 76 年 1 月初版。

8. 《中國文法講話》，（民）許世瑛，台北，台灣開明書店，民國 63 年 6 月十一版。

9. 《中文文法》，（民）許菱祥，台北，大中國圖書公司，民國 84 年再版。

10. 《藝術心理學新論》，（民）郭小平等譯（魯道夫‧阿恩海姆著），台北，台灣商務印書館，民國 81 年台灣初版。

11. 《修辭學發凡》，（民）陳望道，香港，大光出版社，民國 53 年 2 月版。

12. 《生活美學》（天趣），（民）黃師永武，台北，洪範書店，民國 86 年初版。

13. 《生活美學》（理趣），（民）黃師永武，台北，洪範書店，民國 86 年初版。

14. 《生活美學》（諧趣），（民）黃師永武，台北，洪範書店，民國 86 年初版。

15. 《字句鍛鍊法》，（民）黃師永武，台北，洪範書店，民國 75 年 2 月三版。

16. 《愛廬小品》，（民）黃師永武，台北，洪範書店，民國 81 年初版。

17. 《愛廬談心事》，（民）黃師永武，《三民叢刊》一一一冊，台北，三民書局，民國 84 年初版。

18. 《美學與語言》，（民）趙天儀，《三民文庫》，台北，三民書局，民國 67 年 12 月三版。